얼마나 많은 웃음이
    이 여름에 깃들어 있을까.

    2025년 5월

        김강희

첫 여름, 완주

첫 여름, 완주

김금희 장편소설

차례

▶

손열매가 처음으로 성대모사 한 사람은 스탠리 입키스였다. 그는 짐 캐리가 연기한 영화「마스크」의 주인공으로 고대의 나무 가면을 쓰면 평소와 전혀 다른 존재로 변한다. 히어로라면 히어로의 일종으로 분류될 수도 있지만 그렇게 포장하기에 두꺼운 초록 버터크림의 그 얼굴은 토네이도처럼 무질서를 몰고 와 현실을 엉망으로 만든다. 우리가 알던 세계는 전혀 다른 것이 된다. 그러니까 완전히 다른 방식으로 진실된 것.

「마스크」가 비디오로 나왔을 때의 인기는 영화 개봉 때보다 더했다. 손열매는 충남 보령의 창세기 비디오 집 막내딸로 어쩔 수 없이 영화광으로 자라났는데 진열대 한 칸이 전부「마스크」비디오로 채워졌던 장면을 정확히 기억했다. 빌려 간 테이프 케이스는 거꾸로 세워 대여 중임을 표시했고 비디오를 빌리러 왔다가 그걸 본 숱한 사람이 아쉬워했다.

제때 반납하지 않는 사람들은 창세기 비디오의 골칫거리였다. 손열매의 엄마는 전화를 돌리다 돌리다 지치면 장남에게 시켰고 장남은 남동생에게 넘겼고 남동생은 첫째 여동생에게 떠넘겼으며 여동생은 잠시 부담을 견디다 막내 손열매에게 할당했다. 오빠와 언니 들은 사춘기를 지나는 중이었기 때문에 어른들에게 환영받지 못할 전화를 거느니 유서를 쓰는 걸 택할 판이었다. 일단 방 밖으로 나오지조차 않았으니까. 아직 사춘기의 쓴맛을 보지 않고 상대적으로 붙임성 있는 열한 살 손열매만이 그런 일을 감당할 수 있었다.

어린 열매   (아이답지 않게 느물느물하게) 여보세요, 식사는 하셨쥬? 창세긴데 우리 비디오 즘 갖다주세요.

지금은 바빠서 못 간다며 연체료를 내면 되지 않느냐고 나온다.

어린 열매   지끔 돈이, 연체료가 문제가 아녜요. 애타게 찾넌 분이 계셔서 안 올라걸랑 이짝 아자씨가 받으러 가시겠대유. 그럭하며는 동니 사람들끼리 뭐 인사두 하시구 으른덜끼리 해결하세요. 츰 보는 아자씨 손님인데 인상은 좋으셔유.

그렇게 보고 싶었으면 개봉할 때 극장에서 보지 그랬느냐고 억지를 쓰는 소리.

어린 열매   (옆 손님과 대화하며) 영화 개봉했을 때 대깍 보시지 그랬냐넌디, 이, 아, 그려셨구나. (다시 전화에 대고) 그때는 개인 사정으루다가 큰 핵교에 댕기셔서 못 보셨다는디유, 십 년을 댕기셨다니께 뭐. (옆 손님에게 확인하며) 이이, 십이 년을 계시다 지끔 나오시구 이제사 급하게 시청을 원하신대유. 인상은 뭐 말도 할 것 없이 엄청 좋으셔유.

손열매의 할아버지도 「마스크」에 관심을 보였다. 영화의 어떤 면이 당시 팔십 세였던 그의 마음에 들었는지는 모르겠다. 평소에는 가게에 나와 쇼윈도에 우르르 붙은 영화 포스터들의 좁은 틈새로 볕을 쬐며 꾸벅꾸벅 졸기만 했지만 신작이라고 홍보차 틀어 놓은 「마스크」에는 시선을 고정했다. 테이프가 다 돌아 꺼지고 (비디오테이프 돌리는 효과음) 다시 돌아가 같은 장면이 나와도 일제 강점기에 태어나 해방과 전쟁을 겪고 한반도 역사의 산증인으로 나이 들고 있는 그의 관심은 계속됐다. 그러던 어느 날 화면을 가리키며 손녀 열매에게 물었다.

할아버지　　지끔 뭐라고 지지굴지지굴쌓는 겨?

이렇게도 물었다.

할아버지   아이고, 저건 짐생이여? 괴물이여, 외계인이여?

화면에는 흰 이를 드러낸 초록 얼굴의 짐 캐리가 웃고 있었다. 너무 하얘서 요즘이라면 치아 래미네이팅이 잘못되어도 한참 잘못되었구나 싶을, 블록 조각처럼 인공적인 이였다.

할아버지의 질문은 어린 손열매가 답하기에는 난감했다. 괴물도 외계인도 아니고 짐승은 더더욱 아니고 그냥 그건 '그것'일 뿐이었으니까. 하지만 손열매는 할아버지를 좋아했고 다시 말하지만 사춘기가 아직 오지 않았으므로 모른다고 넘어가기보다는 이야기를 이해시켜 드리기로 결심했다. 할아버지는 오랫동안 보령의 상당수 집을 올린 시멘트공이었지만 한글은 잘 읽지 못했다. 하물며 신scene마다 빠르게 넘어가는 영화 자막은.

그날부터 손열매는 자막을 소리 내어 읽었다.

어린 열매   (열의는 있으나 대사라 하기에는 어색한 말투로) 저는
              아주 좋아요, 이렇게 기분 좋을 때가 없었어요.

▶

하지만 읽다 보면 할아버지는 이전 줄거리를 잊거나 잠이 들어 다시 반복해야 했다. 여름 한 계절이 지나도록 계속됐고 그사이 손열매의 목소리에도 변화가 일었다. 처음에는 국어 시간처럼 딱딱하게 읽었지만 나중에는 그렇지 않았다.

두근두근두근하는 심장 소리 시그널.

「마스크」속 캐릭터	후로로로로로로, 히이야, 각오해라. (뭔가를 부수는 소리) (끈적끈적한 목소리로) 기다려 자기, 오늘 밤 사랑해 줄게. (울먹이듯이 그러나 장난하듯) 난 어떻게 될까요? 난 어떻게 될까요? (노래) 칙 치키 붐 칙 치키 붐. 칙 치키 붐 칙 치키 붐.

평면의 존재를 입체적으로 오려 내는 영혼의 가위질처럼, 진흙 덩어리를 인간으로 만들었다는 신의 숨결처럼, 보글보글 끓어올라 장독대 안을 푹 익히는 유산균처럼 손열매는 자기 안의 무언가를 '발생'시키기 시작했다. 그간 한 번도 경험 못 한 고도의 집중력이라 코끝까지 시큰해졌고 하늘 끝까지 날아오를 듯했다.

여름 동안 손열매의 할아버지는 영화 한 편을 전부

보게 되었다. 그건 그가 처음부터 끝까지 차곡차곡 쌓아 본, 단 하나의 이야기, 단 한 편의 영화였을 것이다.

장 전환하는 따뜻한 느낌의 음악.

하지만 이십 년 후 손열매는 이 영화에 대해 전혀 다른 생각을 하게 된다. 그냥 그놈은 미친놈이 아니었나 하고. 세상에는 고대 나무 가면이란 없고 자기 몸을 고무줄처럼 늘였다 줄였다 하는 것도 해부학적으로 불가능하며 세상 보잘것없는 회사원 스탠리에게 멋진 연인이 생기는 해피엔딩도 어림없다.

그 생각을 한 날은 손열매가 처음으로 정신과 진료를 권유받은 날이었다. 동네 병원에서 시작해 대학 병원에서 MRI까지 찍어 보았지만 이비인후과 전문의들조차 열매의 병을 진단해 주지는 못했다. 전과 다르게 목소리가 떨리고 심한 날에는 나오지도 않는 이유를. 그건 성우인 손열매에게 아주 치명적인 불행이었다.

그 뒤 열매는 정신과를 찾았고 정확한 진단을 위해 장장 네 시간 동안 종합 심리 검사까지 받았다. 얼마나 사람을 녹초로 만드는지 검사명조차 '풀 배터리 검사'였다. 문항들을 잔뜩 푼 뒤 마지막에 가서야 검사 담당자

와 대화 비슷한 걸 했다. 유년과 십 대 시절, 대학 생활, 한 교육 방송국 성우 공채로 입사해 이 년을 마친 뒤 프리랜서 생활을 해 온 지금까지, 답하면 답할수록 열매는 마치 영화처럼 자기 삶이 재생되는 듯했다. 손열매는 부유하는 무언가들을 공중에서 조용히 받아 드는 기분이었다. 눈처럼 희끗하고 가볍고 불행감으로 폴폴 날리는 어떤 순간들을.

남자 담당자 열심히 키보드 두드리는 소리, 말투는 관성적이고 감정이 거의 느껴지지 않는다.

담당자　　사람들 자주 만나나요?

손열매　　아니요. 일을 빼고는 거의 만나지 않아요.

담당자　　(받아 치며) 최근에 사적으로 사람 만난 건 언제쯤이세요?

손열매　　…… 사 개월 전쯤.

담당자　　사람들과 자주 사이가 틀어지나요? 그리고 그러면 노력하십니까? 잘 보이려고 한다든가…….

손열매　　제가 왜요? 저 싫다는 사람을 왜요?

담당자　　마음을 터놓는 친구는 없나요?

손열매　　있는데 지금은 연락이 끊겼어요. 돈 빌려서 증발

첫 여름, 완주

해 버렸어요.

담당자   (키보드를 치며) 금전 사기.

손열매   (단호하게 순간적으로 편을 들듯) 사기는 아니에요. (약간의 침묵) 사기는 의도성이 중요하잖아요. 수미 언니가 그런 인간은 아니에요.

담당자   (키보드 소리를 계속 내며) 네, 그 문제는 조금 더 자세히 대화해 볼게요. (키보드 소리가 그치며) 수미 언니가 누굽니까.

고수미가 누군가? 손열매는 할아버지가 했던 오래전 질문에 이어 두 번째로 받은, 타인의 실존에 대한 대단히 난감한 질문이라고 생각했다.

이 주일 뒤 손열매는 검사 결과를 들으러 갔다. 지하철에서는 새 소식이 없는 이메일함을 하릴없이 새로 고침 했다. 프리랜서들은 하루의 긴 침묵을 깨고 자기를 찾아 줄 누군가를 기다린다. 일거리는 드물게 하루에 여러건 들어오기도 하지만 메일함도 휴대전화도 침묵을 지키는 날이 많았다. 연락이 없다는 건 이번 달 수입이 생활비를 충당하기에 적당하지 않다는 전조였고 일상에 살얼음이 끼리라는 예보였다. 보령에서 올라와 오랫동안, 대학을 졸업하면, 서른이 되면, 경력이 차면, 듬직한 안정으로 나아가리라 믿었지만 이상하게 삶은 매번 흔들렸다. 마치 우는 사람의 어깨처럼.

곧 다른 일이 들어오지 않으면 정말 위기였다. 룸메이트로 오래 지냈던 고수미가 연락을 끊은 뒤 함께 마련했던 보증금마저 월세로 점점 깎이고 있었다. 어쩌면 고수미는 그렇게 합리화할지도 몰랐다. 보증금을 남겨 놓았으니 손열매의 돈을 다 갚지 않은 건 아니라고.

만약 그렇게 생각하고 있다면 손열매는 고수미의 멱살을 잡아 흔들 것이었다. 고작 그런 정도로 우리에게 일어난 이 많은 일들이 괜찮다고 생각하는 거야? 어느 날 짐을 싸서 나가고 연락도 받지 않고 나중에는 돈이야 어떻든 생사라도 알았으면 좋겠다고 절박한 마음으로 찾아 헤맸을 즘에야 단 한 통의 이메일을 전했으면 그만이라 여긴다면 가만두지 않을 거였다. 자기가 고수미에게 그 정도밖에 안 되는 인간이었다고 생각하면 목구멍이 꽉 막히는 기분이었다.

정신과 의사는 여성으로 친절하고 밝은 목소리이지만 자신의 병을 인정하지 않는 열매를 설득할 때는 단호하다.

정신과 의사 자, 손열매 씨, 검사 결과 발성 문제는 우울증의 신체화가 일어난 결과라 할 수 있어요. 여러 지표상으로 볼 때 아주 오래되고 심각한 우울증이에요.

손열매는 그 순간 당신이 내 인생에 대해 뭘 알아, 하는 반감이 올라왔지만 꽉 내리눌렀다.

손열매 (황당하다는 듯) 아니, 선생님, 말도 안 돼요. 제가 얼마나 밝은 인간인데요. (헛웃음을 지으며) 이런 말 좀 그런데, 제가 제법 타이틀 있는 성우이거든요. 왜 초통령 펑구 있죠, 펑구. 얘들아, 안녕…….

정신과 의사 (말을 자르며) 그리고 열매 씨에게는 불안정한 감정 기복과 유기, 버려짐에 대한 극심한 공포가 있는 것으로 나왔어요. 이상한 말 같지만 우리가 우리 정신은 스스로 속여도 몸은 속일 수가 없거든요. 지금은 목소리가 안 나오는 정도로 신체화가 나타나지만 심해지면…….

손열매 말을 아예 못 하게 되나요?

정신과 의사 치료를 하는데 그렇게야 되겠습니까? 심각한 건 또 이 지표인데요. 장기간 우울증이 계속되면서 단기 기억력이 많이 손상되어 있어요. 전체 지능에 있어서 손열매 씨는 요 지점에 있지요? 아마 잠재 지능은 더 높을 거라고 생각합니다. 평균 이상이에요. 그런데 단기 기억력을 보세요. 백 명 중에 구십팔 등입니다, 구십팔 등. 이런 말 요즘 쓰면 안 된다지만 옛날이라면 바보라고 놀림받았을 정도예요.

손열매   지금 제가 그렇게 보이세요?

정신과 의사 (타이르듯) 혼자 일하는 프리랜서라 잘 못 느끼는 거예요. 직장인이었다면 업무에 지장이 있었을 것이고 이상을 더 빨리 느꼈을 거예요.

손열매   (체념한 듯) 그럼, 돌아는 오나요? 목소리나 기억력이나.

정신과 의사 당연하죠. 단 약물 치료만으로는 충분하지 않을 거예요. 힘들어도 자주 외출하시고 다양한 인간관계도 맺으세요. 고립은 절대 금물이에요.

　　며칠 동안 손열매는 병원 봉투에 고이 담긴 검사 결과지를 읽어 보았다. 결과지는 이런 행동 관찰로 시작하고 있었다. "단발 머리를 하고 청바지를 입은 삼십 대 여성으로 혼자 내원했다. 위생 상태 등은 양호하였으며 발화량과 눈 맞춤도 정상적이었다."

그래프를 동반한 어떤 분석보다 그 서술에 손열매는 상처 받았다. 위생 상태 등은 양호하였으며. 오디션 결과를 알 수 있느냐며 제작사에 전화를 돌리면서도 생각했다. 위생 상태 등은 양호하였으며. 산책하는 동네 강아지들에게 시선을 주면서도 생각했다. 위생 상태 등은 양호하였으며. 요즘 우울증은 다들 한 번씩 감기처럼 앓고 가니까요, 하는 유튜브 의사들을 지켜보면서도 떠올렸다. 위생 상태 등은 양호하였으며.

집주인은 보증금을 깎고 깎다가 더 깎이기 전에 그만 나가는 게 어떠냐고, 마침 들어오려는 사람이 있다고 통보해 왔다. 열매는 휴대전화 앱으로 지도를 살펴보며 어디로 가야 할지를 고민했다. 가고 싶은 곳도 갈 수 있는 곳도 없어 보였다. 그러다 지도를 죽 옮겨 동쪽으로 이동했고 남북 물길이 합쳐지는 완평의 푸른 물결을 살펴보았다. 완평은 취한 고수미가 "팔당댐 북쪽에는 누가 살길래, 외계인이 매일매일 마을로 오네"라는 이상한 가사를 붙여 노래하던, 그의 고향이었다.

그제야 손열매는 고수미네 본가에 가 볼 생각을 했다. 왜 진작 생각을 못 했을까 싶을 정도로 당연한 일이었다. 파산의 블랙홀로 빨려 들어가기 전 고수미는 어쩌면 거기로 탈출했을지 모르니까. 아니, 고수미가 없더라도 사정 이야기를 하면 가족들이 얼마라도 갚아 주지 않을까. 우울증 약에 적응하느라 한동안 무력하게 잠만 자던 손열매는 녹음할 때 목 풀던 힘까지 다해 '신변 정리'를 시작했다. 가구는 버려도 아까울 게 없었고 가전제품은 중고 플랫폼에 올려 팔고 나머지는 이삿짐을 맡아 주는 무인 창고에 넣었다. 그리고 고수미가 남겨 놓은 명품 가방들은 중고 매장으로 직접 처리하러 갔다.

사장 (가방에 대고 킁킁 냄새를 맡으며) 아후, 아직 본드 냄새가 빠지지도 않았네. 응, 이거 중국산 짝퉁.

손열매 짝, 짝퉁이요? 그럴 리가 없는데.

사장 모서리를 본드로 붙였잖아요.

손열매 그럼 이건요, 이거 해외 여행 가서 사 온 건데.

사장 (신발 여기저기를 손바닥으로 쓸어 보는 소리가 들리며) 이야, 신발, 이거 순간 헷갈리게 재질을 썼네. 짝퉁. 이거 밑창이 천연 가죽이어야 되는데, 인조.

손열매 네? 그럼 이건요, 언니가 전 남친한테 선물받았다고 한 건데.

사장 (시들하게) 전 남친이라 다행이네.

터덜터덜 걷는 소리, 차가 지나가는 소리, 한강 다리 위임을 알 수 있는 소리.

어쩌면 당연한 일이었다. 고수미는 옷 대여 플랫폼의 플래티넘 회원이었으니까. 투자 회사라 그런지 수미가 다니던 회사에서는 부서에 관계없이 모든 직원들에게 정장을 요구했다. 고수미처럼 외부 사람 만날 일 없는 회계과 직원에게도. 고수미의 명품 정장들은 그렇게 대부분 빌려 입은 것이었고 적어도 그때는 돈도 돈이지만 자원 순환 차원에서 옷을 소유하지 않기로 했다고 열매에게 설명했다.

손열매　(허망한 듯 중얼거리며) 자원 순환 좋아하시네…….

손열매는 집으로 돌아가다 말고 한강 다리에 서서 밤물결을 내려다보았다. 밤의 한강은 광활한 우주처럼 고요하고 아주 검었다. 거기에는 아무것도 없을 것 같았다. 이상한 얘기지만 아무것도 없다는 사실조차 없을 것 같았고 말할 입과 들어야 하는 귀도 없고 자기 자신은 완전히 압축되어 티끌처럼 사라져 있을 것 같았다. 열매는 차가운 난간 너머로 몸을 기울여 강물을 내려다보았다. 그

러다 발끝을 들어 (시간을 끌며 읽는다) 고수미의 가방들을
모두 강 속으로 던져 버렸다.

　너울이 일어나 표면이 흔들렸고 그 안으로 끌어당겨
지던 손열매의 어떤 마음, 그냥 이대로 사라져 버리고 싶
다는 막막함도 멈췄다.

장이 크게 바뀌는 느낌의 음악이 흐르다 경의중앙선 소리 들린다. 물방
울과 물안개 그리고 비를 연상케 하는 아주 습한 음악, 음악이 끝나고
나면 차들이 어수선하게 오가는 소리. 버스에 올라타는 손열매.

손열매　　이거 1600번, 완주 마을 가죠?

버스 기사　가라면 가야죠. 아직 사람 안 차서 좀 있다 출발
　　　　　　합니다.

버스에 올라타는 열매의 발소리.

버스 기사　얼굴이 낯선데, 짐이 많은 걸 보니 관광하러 오
　　　　　　신 분은 아닌가 봐.

손열매　　(숨을 몰아쉬며) 네, 아니에요.

버스 기사　거기 마을 사람 내가 다 아는데 누구 만나러 가
　　　　　　는데?

손열매	매점 하시는 분이요.
버스 기사	매점? 매점이라…… 아아, 유자 씨 가게를 가는 건가.
손열매	고수미라고 하는 사람 집 찾아가는데요.
버스 기사	아, 수미? 수미면 유자 씨 딸내미잖어. 허긴 거기가 이제 본업은 접고 매점이긴 매점이지.

기사는 애매하게 말하고는 차를 출발시켰다. 승객들은 대부분 노인들이었는데 버스 계단을 밟고 새 얼굴이 쑥 올라올 때마다 신기하게도 모두 아는 사이였다. 사람이 아니라 쌀가마만 타거나 비료 포대만 내리는 경우도 있었다. 버스는 승객뿐 아니라 이 마을 저 마을로 짐을 옮기는 배달 서비스도 겸했다. 그러느라 버스는 더 느리게 가고…… 길은 이차선이었다가 외길이 되었으며 좁은 다리를 아슬아슬하게 건너기도 했다. 봄 눈을 틔운 나뭇가지들이 버스 차창을 무심히 노크했다.

노인 승객	아니, 못 보던 얼굴인데 여기는 누구랴?
버스 기사	유자네 가는 손님이래요.
노인 승객	걔는 이제 괜찮나?
버스 기사	별 소식 없으면 괜찮은 거 아닌가 해야지, 뭐. 완

	주 마을이 흉흉해요. 산불은 또 왜 그리 잦은지.
노인 승객	사이가 그렇게 안 좋아졌다매?
버스 기사	지금 골프장 때문에 양편으로 나뉘어서 난리가 났어요. 색깔이 다른 사람들끼리는 품앗이도 안 한대요.
노인 승객	우리 아들도 하지에 감자 거둬들일 때 고생했어. 품앗이가 없어진 건 오래지.
버스 기사	그래도 거기가 삼십 년 전만 해도 개도 만 원짜리를 물고 다니던 잘난 마을이었지. 대형 양조장도 있고. 골프장 생기면 외지 사람들 들어와서 지들 장사나 하지, 마을에는 뭐 좋겠어요? 서울 사람 공놀이하느라, 물 대느라 여기만 쎄가 빠지지.

완평에는 어디든 물이 있었다. 물을 보며 전철을 타고 오는 동안 손열매는 고향 보령의 바닷물을 떠올렸다. 바다가 누군가의 세찬 몸짓이라면 강물은 누군가의 여린 손짓 같았다. 바다가 힘껏 껴안는 포옹이라면 강물은 부드러운 악수 같았다. 버스가 달리는 들판에도 천이 가느다란 띠처럼 흐르고 있었다.

차창으로 들어와 버스의 좌석 시트를 뜨뜻하게 데우는 초봄의 햇살과 경적을 울릴 필요가 없는 한적하고 고요한 길. 빚을 진 사람이 아니라 빚을 받으러 가는 길이라서 그런가 편안할 리 없는데도 긴장이 잦아들었고 손열매는 꾸벅꾸벅 졸기 시작했다. 그리고 꿈을 꾸었다. 손열매의 할아버지가 창세기 비디오 가게에 앉아 있었다.

비디오 틀어 놓은 소리, 현실에서 환상으로 이어지는 시그널 역할을 한다.

손열매　　(왈칵 반가워하며) 할아부지!

할아버지는 열매가 읽어 주는 「마스크」를 듣던 그 모습 그대로 의자에 앉아서 눈을 지그시 감고 있다가 부르는 소리에 눈을 떴다.

할아버지　　이이, 아이, 목청이 왜 이리 좋은 겨? 충남도청까지 날러갈 뻔혔네. 근디 지끔 열매 니는 피난 갈 겨? 무신 짐이 이렇기 많다?

손열매　　(쓸쓸하게 웃으며) 할아부지, 나 갈 데가 웂네.

할아버지　　우리가 보령 팔 대 토백이덜인디 워찌 갈 데 없는 외톨백이라 허넌 겨?

손열매　　아녀, 지끔 암도 웂어. 친구도 웂구. 사투리 얼릉

고쳐서 성공할라는 동안 친구들 하나둘 떠내 부렸지. 아이, 서울말을 배야 헌게.

할아버지 아이구, 서울말은 워디로 밴 겨. 삼십 년 무덤에 있던 나보다 보령 말을 더 잘허는디? 식구덜은 워뜨케 된 겨? 느이 에미 애비는 기어코 갈라선 겨?

손열매 이.

할아버지 (혀를 차며) 해여튼 간이 내가 낳은 자슥 새끼이지만 느이 애비가 원판 시절(얼간이의 충청도 사투리)이여. 개갈 안 나넌 화상이래니께.

손열매 아빠가 시절이라 나도 시절인개 벼. 의사가 나 얼간이 됐다 그러대.

할아버지 얼라리요, 니가 워째 시절이여? 너는 외탁이여. 생김새도 영 그짝 판이구. 기런 소리 말어. 열매 너는 어렸을 때부터 쫄대깃살마냥 야물딱지고 똑부러졌대니께.

손열매 (점점 감정이 격해지며 울먹인다) 아니여, 시절이여, 시절이 중에 시절이여.

그때 손열매는 자기를 가만히 흔드는 손길을 느꼈다. 눈을 떠 보니 그곳은 창세기 비디오 가게가 아니라 1600번 버스 안이었고 뒷좌석의 남자가 엉거주춤 서서 뭐라고 속삭이고 있었다. 무슨 남자가 이렇게 잘생겼나······ 와 중에도 열매는 그런 생각을 했다.

어저귀   저, 자꾸만 욕을 하시는데 어르신들 듣기에도 그렇고.

버스 안을 둘러보자 노인들이 뭔가 싫은 눈길로 손열 매를 보고 있었다. 남자는 최대한 남들에게 안 들리게 소곤소곤 말하느라 큰 키를 폴더처럼 접었다. 열매는 입가에 묻은 침을 얼른 닦으며 좌석에 바로 앉았다.

손열매   제가요? 제가 뭐라 그랬는데요?

어저귀   (속삭이며) 그, 아, 제가 제 입으로 하기엔 그런데 시 ○ (삑 처리)이라고.

손열매   아, 그거 잠꼬대예요. 욕 아니고요. 사투리예요. 사투리.

어저귀   아니, 무슨 잠꼬대를 그렇게 실감 나게 하셔 가지고.

잠꼬대는 우울증 약 부작용이었다. 치료를 결심한 열 매가 병원에 갔을 때 의사는 요즘은 약이 좋아서 부작용이 거의 없지만 잠꼬대가 심해지거나 살이 찌거나 성욕이 저하될 수는 있다고 고지했다. 복용 이 주 후부터 손열매는 꿈속에서 많은 사람과 싸우고 다퉜다. 평소에는 못 했던 말이 잠꼬대로 쏟아져 나와 스스로 놀라 눈을 뜨기가 일쑤였다. 이제 누구랑 같이 자기는 틀렸구나, 하고 열매는 낙담했다. 함께 밤을 보내고 옆에 누운 누군가에게 날벼락처럼 쏟아질 욕설과 악담 들을 생각하면 미미하게 남아 있던 연애 세포도 절멸할 판이었다.

버스가 서고 내리는 소리 들린다.

버스 기사　　유자 씨한테 내 안부도 전해 줘요.

손열매　　　아저씨가 누구신데요? 이름을 말씀하……셔야지.

버스 기사　　나야 뭐 1600번이지. 버스 이름이 1600번이면 기
　　　　　　　사 이름도 그런 거예요.

　　손열매는 캐리어가 무거워 허리가 뒤로 젖혀질 정도로 힘을 주며 발걸음을 옮겼다. 마을 어귀에는 정보화 생태 마을 '완주리'라고 쓰인 바위가 서 있고 그 아래 크고 작은 안내판들이 마을을 소개하고 있었다. '구 양조장 삼거리', '완주중학교', '시 지정 보호수 508호 완주 전나무',

'체험 농장 외삼촌네', '국가 하천 보호 구역'.

말로만 듣던 공간이 실제로 있으니까 신기했다. 대학 다닐 때만 해도 수미는 시도 때도 없이 고향 마을 이야기를 했다. 그러다 졸업 후에는 비가 올 때만 말했고 나중에는 수해가 걱정되는 여름에만 언급했으며 서른이 넘어서는 술에 취했을 때만 이야기했다. 수미는 언제나 마을을 벗어나고 싶었다고 고백했다. 누구보다 서울을 자주 들락거리던 여자애였고 한번 나가면 청량리에서 완평까지 오는 마지막 기차를 타고서야 돌아오곤 했다고. 뭐가 가장 싫었냐고 물으면 언제나 물,이라고 답했다.

그다음에는
비,
그다음에는
댐,
그다음에는
물살,
그다음에는
장마.

비 오는 소리.

고수미 그런데 이상하지. 서울로 오고 나서는 여름이랑 비를 기다린다. 비가 처마에서 떨어질 때, 우드 드우드드 우산을 뜯듯이 빗방울이 쏟아질 때, 그럴 때 나는 겨우 숨을 쉬어. 여기도 별다른 곳이 아니구나, 여기도 비 오는 곳이구나, 여기도 별 수 없구나 생각하는 거지. 그게 얼마나 눈물겨운 안도감인지 다른 사람들은 알까?

그런 수미를 떠올리는 열매의 얼굴에 잠깐 슬픔과 그리움 같은 것이 어렸다. 하지만 이렇게 나약한 마음으로 어떻게 돈을 돌려받겠는가. 그렇게 해서는 아무것도 회복되지 않는다고 열매는 마음을 먹었다. 그리고 힘을 내자 결심하며 배낭을 고쳐 멨을 때 꾸물거리던 하늘에서 쏴아 하고 비가 내렸다.

소나기 오는 소리, 들판에 내리는 비.

당황한 열매는 캐리어를 끌고 무작정 앞으로 달렸는데 그동안 비는 이른 꽃을 달고 있는 관목과 봄밭에 심긴 호밀, 퇴비로 얹어 놓은 향나무 톱밥 위로 더 세차게 떨어져 내렸다. 오래된 아스팔트 길을 내달리던 열매는 갑자기 비가 가려지는 느낌에 서서히 멈췄다. 아까 버스에서 본 남자가 무뚝뚝한 얼굴로 우산을 씌워 주고 있었다.

손열매　　고맙습니다.

버스에서는 꿈결이라 멋져 보이나 싶었는데, 되는대로 기른 듯한 머리 스타일이 너무 복고적이기는 해도 남자는 이목구비가 또렷하고 장난기 있는 큰 눈을 지녀 잘생긴 리트리버 같은 느낌이었다.

어저귀　　어디 벌침에 쏘인 건 아니죠? 너무 펄쩍펄쩍 뛰길래.

남자는 손열매에게 우산을 쥐여 주고 비를 맞으며 길을 갔다. 손열매는 남에게 신세 지는 일을 끔찍하게 싫어하고 누군가의 호의를 받아들이는 것 역시 마찬가지 강도로 싫어하는 사람이었기 때문에 우산을 돌려주기 위해 불렀지만 듣지도 않고 오솔길을 따라 산으로 사라져 버렸다. 어차피 마을 사람일 테니까 나중에 돌려주면 되겠지. 아까 버스에서 보니까 삼사십 킬로미터 근방은 다 이웃사촌처럼 지내는 것 같던데. 손열매는 한 손에는 무지

갯빛 장우산을 들고 한 손으로는 드륵드륵 캐리어를 끌며 중학교를 중심으로 난 삼거리를 향해 나아갔다.

장 바뀌는 음악, 여름 환한 햇살을 배경으로 내리는 빗소리 같은 느낌. 전환.

수미 엄마가 따라 준 보리차 한 잔을 홀짝홀짝 마시며 손열매는 합동 장의사 안을 둘러봤다. 장의사 유리문에 "커피, 생수, 낚시 용품 팝니다"라는 손 글씨가 쓰여 있었다. 여기가 장의사가 아니라 매점이라고 알려 주는 건 그 글자들뿐, 손님들이 선뜻 들어올 분위기는 아니었다. 창마다 차광 필름이 붙어 있어 가게는 더더욱 장의사에 가까워 보였다. 고수미가 돈을 빌려 가고 갚지 않았다는 얘기는 먼저 꺼낼 필요도 없었다. 열매가 "수미 언니 후배인데요" 하자마자 수미 엄마가 "또 왔네, 또 왔어" 하며 받았으니까.

열매는 형광등도 켜지 않아 컴컴한 소파에 앉아 수미 엄마의 얼굴을 물끄러미 바라보았다. 머리에 두른 스카프가 눈에 들어왔다. 1600번 버스에서 들었던 괜찮나, 하는 노인의 말은 수미 엄마가 항암을 받은 지 얼마 되지 않았다는 것을 의미했다. 그러고 보니 열매는 수미에게

서 부모 얘기는 거의 듣지 못했다. 사람들에게 부모란 때론 온화한 태양 같기도 어느 날은 상당한 심술을 품은 태풍 같기도 한, 자식의 입장에서는 도무지 자기 주도성을 갖기 어려운, 날씨나 계절 같은 존재인데 수미는 늘 건조하고 덤덤했다.

열매는 이제 가겠다며 컵을 놓았고 고개를 꾸벅 숙이고 밖으로 나왔다. 뭣 하러 여기까지 왔을까 후회가 들었다. 뭘 할 수 있다고, 뭘 되돌릴 수 있다고. 택시를 타야 할까 싶어 휴대전화를 만지작거리고 있는데 수미 엄마가 가게 앞 간이 의자를 안으로 들여놓으며 청소를 시작했다. 열매가 발걸음을 옮기자 수미 엄마가 입을 열었다.

수미 엄마 이 비에 어디 가요? 이제 버스도 안 오는데.

손열매 (스트레스로 그사이 목소리가 변해 가늘게 떨리며) 택시 부르면 돼요.

수미 엄마 택시비가 얼만데 그 돈을 쓴다는 거야. 돈이 쌨네, 쌨어.

퉁명스러운 말에 손열매는 뭐에 한 대 얻어맞은 것 같았다. 이미 누군가 왔다 갔다면 무슨 일이 벌어졌는지 알 만큼 알 텐데, 자신과 아무 상관 없다는 이 태도는 뭔

가. 아무튼 와중에 분명해진 사실이 있는데 고수미는 이곳에 없고 엄마와 연락하고 있지 않다는 점이었다.

사실을 확인했으니 안 와 본 것보다 낫지 않은가. 손열매는 그렇게 마음을 다잡으려고 노력했다. 시멘트공의 손녀니까. 할아버지가 돌아가시고 가족들 모두 뿔뿔이 흩어져 명절 때도 모이지 않지만 자신에게는 거푸집과 철근으로 빌딩을 세우는 시멘트공의 피가 흐르지 않는가. 무너지지 않을 수 있다.

손열매   (마치 헬륨 가스를 마신 듯한 목소리로) 가 보겠습니다.

수미 엄마   추워서 목소리까지 떨리는구만. 옷도 얇고.

손열매   (다시 떨리며) 추워서 그러는 거 아니에요.

수미 엄마   들어가요. 시골은 해 지면 가로등도 없어. 자고 가야지 돈도 떼였다며 택시비까지 쓸 참이야?

밥상이 차려지고 텔레비전이 의미 없이 틀어져 있는 마루에서 열매와 수미 엄마가 식사한다.

수미 엄마   (입에 밥을 문 채로 태연자약하게) 그래, 아가씨는 얼마나 물렸어?

손열매   ……천삼백이요.

자기도 모르게 손열매는 고수미가 남기고 간 보증금을 빼고 최대한 금액을 줄여 이야기했다.

수미 엄마　수미랑 같이 살았다고, 몇 년을?

손열매　육 년이요.

수미 엄마　(한숨 쉬며) 알고 지낸 건 얼만데?

손열매　알고 지낸 거야 십몇 년이 넘었죠. 저희가 같은 과였거든요. (웃는다)

수미 엄마　아가씨, 내가 갚아 주고 싶어도 돈이 없네.

돈이 없네,라고 수미 엄마가 말할 때 열매는 마음이 걷잡을 수 없이 흔들리는 것 같았다. 사과의 말이 아니었는데 사과의 말처럼 들렸다.

수미 엄마　그래도 염치없지만 우리 수미, 미워는 말아 줘요. 아무리 멀리 있어도 가까웠던 사람들이 미워해 버리면 그게 업이 되어서 걔를 따라다닐 것 같아서 하는 말이야.

손열매　(진지하게) 미워 안 해요. 그냥 연락도 없이 사라지니까.

수미 엄마　걔는 대학 가고 여기 온 적이 거의 없어. 몇 년 전

아부지 상 때도 아무도 안 불렀는지 혼자만 왔다 가서 나는 걔가 어떻게 살았는지도 잘 몰라. 이렇게 누군가들이 찾아오니까 웃긴 게 서울에서 살긴 살았구나 싶네.

밥을 다 먹고 수미 엄마는 열매에게 수미 방에 가서 자라고 안내해 주었다. 오랫동안 비어 있었을 텐데도 깨끗하고 안온했다. 물건들은 가지런히 놓여 있고 좌식 책상에는 면으로 된 책상보가 깔려 있었다. 옛날 오디오까지 보관되어 있어서 시간은 오래전에 멈춘 듯했다. 커튼 옆의 액자는 마을 입구에 안내되어 있던 완주 전나무 같았다. 사진으로만 봐도 나무는 근사했다. 하늘로 층층이 뻗은 굵은 가지에는 흰 구름이 걸려들어 있고, 촘촘이 난 바늘잎들은 싱그러웠다. 열댓 명의 아이들과 어른 하나가 다 서 있어도 너비가 남는 아름드리나무였다.

그 얼굴들에서 열매는 어린 수미를 찾아냈다. 꽉 다문 입술, 햇빛 때문인지 찡그린 이마, 줄무늬 티셔츠와 멜빵바지. 지금의 고집스럽고 강단 있는 얼굴은 어려서부터 그랬구나 싶었다. 열매는 요 위에 대자로 누웠다. 발끝으로 서걱거리는 이불을 툭툭 쳤다.

열매와 수미가 지냈던 방들에는 함께 지은 별명이 있

었다. 그리마가 가느다란 다리로 매일 문안 인사하던 사시장철 고습도의 지하 방, 누군가 자기 집을 노린다며 늘 대문간을 주시하는 주인 할머니를 감내해야 했던 올가미 방, 안집에서 365일 화투판이 벌어지던 타짜 방, 그리고 별 특징 없이 고만고만하던 여러 방들. 아까 화장실 옆방을 열려고 하자 거기는 관짝 있는 방이니까 조심하라던 수미 엄마 말을 떠올리며 열매가 뒤척이는데, 어디선가 늑대인지 개인지가 울었다. 하지만 그런 소리마저도 시골의 한밤에서는 고요의 한 겹처럼 느껴지고, 열매는 차차 잠에 빠져들어 갔다.

꿈속은 삶의 두 번째 층과 같지 않을까. 일상처럼 리드미컬한 리듬이면서도 꿈결을 걷는 듯한 몽환적인 음악도 가능할 것이다.

다음 날 열매는 잠결을 밀며 들어오는 아주 새것 같은 공기에 눈을 떴다. 아침마다 사람들이 우당쾅쾅 뛰어내려가는 계단 소리가 들리지 않았고 차 좀 빼라고 고래고래 소리 지르는 목소리와 클랙슨 음도 없었다. 역시 시골은 조용하고 평온하구나 생각하며 조금 더 자려고 이불을 끌어당기는데 옆집에서 대문 두드리는 소리가 우쾅쾅쾅 났다.

아이들   양미야, 한양미! 학교 가자!

안에서는 반응이 없고 아이들은 문을 계속 두드린다.

아이들   너 안 데려오면 우리 전체가 혼난댔다. 일어나,
           학교 가자고!

양미   아, 왜 새벽부터 깨우고 지랄이야. (미닫이 방문 여
           는 소리가 나며) 야, 간디, 나 오늘 학교 안 가!

열매는 난데없이 들린 간디라는 말에 눈을 떴다. 요
즘 애들은 친구들 별명을 참 인문학적으로 짓는구나 싶
었다.

간디   야, 너 왜 자꾸 나 간디라고 불러?

양미   너 인도 사람이잖아. 넌 간디, 니 찐친은 러시아
           에서 왔으니까 푸틴.

간디   야, 그러면 너는? 응? 너는?

양미   나? 난 윤석열이지.

푸틴   (불만스러운 말투로 속삭이듯) 야, 재수 없어, 우리
           끼리 가자.

간디   쟤 이번 주도 안 나오면 유급이잖아.

푸틴 그게 우리랑 무슨 상관이야. 우리가 유급하냐? 오지게 인종 차별 하는 애를 우리가 왜 감싸?

간디 학교 오지 않는 친구가 있는데 아무렇지 않게 우리끼리 수업하는 건 수치라고 쌤이 그랬잖어. 그 말 할 때 율리야 넌 뭐 했냐? 졸았냐?

아마도 간디가 아니라 다른 이름으로 마땅히 불러야 할 그 애는 친구의 문전박대에도 아랑곳 않고 계속 문을 두드렸다.

간디 왜 학교를 안 가겠다는 거야?

양미 야, 나 피곤하니까 니들이나 가서 공부 존나게 해, 그냥.

간디 같이 가자, 왜 자꾸 학교를 빠져? 양미 너 혹시 슬프니?

그러자 집 안에서 들리던 귀찮아 죽겠다는 식의 대거리가 뚝 끊겼다. 정말 슬픔이 정답인 건가. 슬퍼서 학교에 안 가면 대한민국에 등교 가능한 애들이 얼마나 있을까? 열매가 듣기에는 뜬금없었지만 한참 뒤 철제 대문이 벌컥 열리는 소리가 들리더니 "안 슬프니까, 그만해"하며 양미라는 애가 나왔다. 그 실랑이에 잠이 달아나 버린 열매도 이불을 갰다.

수미 엄마와 열매가 어색하고 고요하게 식사하는 소리가 들린다. 시골집 마루에서는 새소리가 가깝다. 마당의 목련나무는 흰 꽃을 터뜨리기 직전이다.

수미 엄마　(무심하게) 뼈 있는 닭갈비, 많이 싫어하나 봐? 어제 밤새도록 뼈 없는 닭갈비 시키라고 잠꼬대를 해서 내가 잠이 다 깼네.

손열매는 그제야 지난밤 꿈을 떠올렸다. 구두쇠에다 나르시시스트이기까지 해서 연애 기간을 떠올리면 참을 수 없는 모욕감이 스멀스멀 올라오는 전 남친을 찾아가 욕을 퍼부었던 것을. 그 인간은 언제나 다른 사람보다 약간의 이익이라도 더 얻는 데 집착해서 어느 음식점을 가든 밑반찬을 필요 이상으로 여러 번 청해 먹었고 하물며 타투를 하러 가서도 서비스로만 호랑이 몸통을 얻어 낸 인간이었다. 닭갈빗집에 가서도 천 원이 싸다는 이유로 뼈 있는 닭갈비를 고집했는데, 물론 기호에 따라 닭 뼈의 있음을 선호할 수도 있지만 문제는 손열매가 불편함을 이유로 부탁해도 들은 척도 안 한다는 데 있었다. 새 전자기기가 나오면 직구를 해서라도 가장 먼저 손에 넣는 씀씀이와 열매를 대하는 태도는 너무 달랐다. 열매는 그가 인심 쓰듯 이십만 원에 판 태블릿 피시를 자신이 아직도 쓰고 있다는 사실에 아연해졌다.

수미 엄마　아주 젓갈을 만들어 버려야 할 자식이구먼.

애기를 들은 수미 엄마가 그렇게 정리하자 열매의 마음이 갑자기 가글을 한 듯 개운해졌다.

전 남친　열매야, 열매 씨, 열매 님, 열매 선생님!
손열매　(소금을 퍼부으려는 분노의 숨소리) 이걸, 확.

하지만 그놈을 절인다고 뭐가 해결될까, 열매는 호흡을 고르며 상상을 멈췄다.

수미 엄마에게 전화가 오고 뭔가 다급한 목소리가 전화기 너머로 흘러 나온다. 수미 엄마는 덤덤히 받는다.

수미 엄마　팔 없는 분은 수의를 그냥 입히면 안 되고 의수

대신 짚으로 팔을 만들어서 대 줘야죠. 상조 업체들은 몰라도 우리는 옛날식대로 그대로 해요. 아니, 아니, 주무관님, 돌아가신 분 사연은 나한테 말해 줄 필요가 없어요. 혼자 떠날 만하니까 떠났겠지. 아휴, 식사하고 곧 갈게요.

전화를 끊은 수미 엄마는 시계를 힐끔 보더니 저녁에는 두릅을 데쳐 먹자고 했다. 열매가 계속 머물 것처럼 자연스럽게 다음 식사를 정했다.

수미 엄마   낮에 여기 옆집 어저귀네 가서 좀 얻어다 봐. 동네 구경도 하고.

손열매   어저귀요? 사람 이름이 어저귀예요?

수미 엄마   아니, (슬쩍 웃는다) 원래 이름은 동경인데 어려서부터 어저귀라고 애들이 하도 불러 가지고 내 입에도 그만 붙었네. 어저귀가 풀숲에 사람보다 이만큼 높이 나서는, 실도 만드는 긴 풀인데 걔 키가 초등학교 때부터 지금만 했잖아.

손열매는 아무리 키가 커도 초등학생이 그럴 수가 있나 싶었지만 더는 따지지 않았다.

손열매   어제 만난 분 같은데…… 우산 빌려주고 학교 옆
            산길로 올라가더라고요? 두릅은 얻어다 놓을게
            요. 우산도 돌려줘야 하고 근데 저는…… 그러고
            갈게요.

수미 엄마   저기, 갈 곳이 저기하면 여기 있어도 돼.

뒷산에서 아주 축축하고 짙은 나무 향을 품은 바람이
불어왔다. 담장의 노란 산수유꽃을 흔들고 신문지 사이
로 파고들어 종이 끝을 들썩였다.

수미 엄마   내가 내줄 수 있는 게 지금은 수미 방밖에 없네.

그렇게 수미 엄마가 말할 때 손열매는 아주 익숙한
얼굴, 고수미의 얼굴을 보는 듯했다. 순하게 처진 눈과 상
대를 부드럽게 응시하는 눈동자가 둘은 꼭 닮아 있었다.
갑작스러운 말에 열매 마음이 먹먹해지려는 순간, 그런
낭만적 몽상에 곧 찬물이 끼얹어졌다.

수미 엄마   월세는 육십만 원으로 하고 수미가 갚아야 하는
            돈에서 제해 줘.

세상이 만만치 않다는 걸 모녀가 합세해서 손열매에게 가르쳐 주고 있었다.

수미 엄마　버스 빠짐없이 다니고 서울 가는 전철도 있으니까 이 마을이 교통이 그렇게 나쁜 건 아니지.

사람마다 거리 감각이 다르기는 하지만 한 시간에 한 대 오는 버스를 타고 나가 전철을 이용하는 건 교통이 좋다고는 할 수 없었다. 열매에게는 교외 여행을 다니는 일이나 마찬가지였다. 하지만 여기를 나서면 당장 갈 곳이 애매한 것도 열매의 현실이었다.

손열매　어머님, 안 되죠. 현금으로 가져간 돈은 현금으로 갚으셔야지. 그리고 월에 육십이면 서울 가서도 살죠.

수미 엄마　(밥그릇을 정리하며) 어떻게 세를 살아? 보증금 없이 월세를 누가 주나.

손열매는 화가 오르기 시작했다. 지금 자기 월세 보증금이 왜 여름 물살에 모래집 무너지듯 사라져 버렸는지 몰라서 하는 말인가. 육십만 원은 절대 안 된다고 선을 그으며 열매는 다시 계산했다. 숙식 제공을 한 달 삼십만 원으로 치고, 전기세나 수도세 같은 서울에 있을 때 필수적으로 들어가는 관리비 팔만 원까지 포함된다고 계산하면……. 고수미와 연락이 되는지 안 되는지도 관찰할 수 있으며 만약 기적적으로 만나기라도 하면 누구보다 먼저 돈을 받아 낼 수 있었다. 열매가 머릿속으로 하는 계산이 보였는지 수미 엄마는 "아주 가을날 도토리처럼 머리가 굴러가네……" 하더니 생각해 보고 남든지 서울로 가든지 하라며 외출 준비를 했다. 백팩을 꺼내 바늘과 실, 삼베로 된 각종 매듭, 탈지면, 향료 등을 넣었다. 그리고 검은 작업복으로 갈아입더니 창고에서 짚단을 꺼내 마당 호스로 물을 뿌려 두었다.

수미 엄마　(가게를 나서며) 있었으면 싶은데, 갈 거면 이왕지사 잘 살아, 알았지? (문 닫는 소리)

　　그렇게 열매는 덩그러니 남겨졌다. 커피와 낚시 미끼와 알땅콩을 파는 장의사 안에. 열매는 멍하니 서서 가게를 둘러보다가 나무 선반에서 파일첩을 꺼내 보았다. 부고장들을 모아 둔 것이었고 시작은 1987년부터였다. 별세하시어 삼가 알려 드립니다, 하는 말들이 거듭되는 가

운데 1999년 7월이 되자 발행된 부고장이 여름 내내 많았
다. 별다른 문구 없이 부모 이름만 적혀 있는 자녀상 부
고들도 보였다. 열매는 파일첩을 도로 꽂아 두고 소파에
앉았다. 오래되고 낡은 왕골 방석에는 원앙 두 마리가 그
려져 있었다.

열매는 이곳에서 자랐을 수미에 대해 생각했다. 끊임
없이 의식을 끊고 들어오는 죽음이라는 세계의 간섭을
어린 수미가 어떻게 받아들였을지를. 혹시 그게 집으로
부터 수미를 멀어지게 한 것은 아닐지를.

사 년 전, 열매는 수술받을 일이 있었다. 자궁에 난 혹
을 제거하는 수술이었다. 병원 서류를 써야 했는데, 간단
히 말해 그건 수술비를 안 내고 튀더라도 이 사람이 갚
을 것이라는 보증서였다. 새 가족이 생긴 엄마에게 말하
기는 싫었고 언니와 오빠에게 부탁해 봤지만 모두들 거
절했다. 몇 차례 돈 문제로 싸움이 났던 사이들이라 그
럴 수도 있다고 예상했지만 열매는 깨어진 가족이 아프
게 실감 났다.

회상.

고수미　　야, 가지고 와. 내가 쓸게. 왜 그런 사람들한테 상

처 받고 있어? 사람 살리는 데 관심 없는 인간들, 마음 쓸 가치 없어.

수술이 끝나고 몸이 나아도 열매의 마음은 좀처럼 낫지 않았다. 채워지지 않는 상실감 같은 것이었다.

가게 문이 드르륵 열리는 소리가 나고 구 회장이 등장한다. 신발에 주목할 수 있도록 기분 나쁘고 긴장되는 발소리가 들어갔으면 좋겠다. 말투도 점잖은 체하지만 탐욕적이고 믿을 수 없는 느낌이다.

구 회장   안녕하십니까. (여유롭게 웃으며) 커피 한잔 할 수 있을까?

손열매   에, 냉장고에서 고르세요.

열매는 노인의 슈트가 너무 고급스러워 하루살이가 앉으면 미끄러져 낙상할 판이라고 생각했다. 정장 안에 폴로 셔츠를 입어 젊은 느낌을 냈고 형광색 중창의 명품 스니커즈도 눈에 띄었다.

구 회장   냉장고에서는 좀 그런데, 에스프레소 기계 같은 건 없나?

손열매	네?
구 회장	(잠깐 웃고는) 내가 따뜻한 커피만 먹어서 그래요.
손열매	아 네…….

열매는 가게 안을 황급히 돌아보았지만 온장고는 없었다. 냉장고 커피가 전부라고 하자 그는 "찬 음료는 우리 나이에는 금물이라……. 어떻게 안 되겠어요?" 하고 다시 물었다. 어떻게 안 되겠어요,는 묘한 말이었다. 친절과 호의에 대한 강제가 은은하게 밴 말이었으니까. 하는 수 없이 열매는 전기 주전자를 찾아 닦고는 물을 끓이기 시작했다. 그리고 분말 믹스커피를 종이컵에 부으려는 순간, "그것밖에 없나?" 하고 노인이 다시 말했다. 아니, 그러면 이 시골에서 파나마 게이샤 커피라도 찾는 건가.

구 회장	오랜만에 먹어 보는 것도 좋지, 괜찮아요. 준비해 줘요. 세월이 지나도 변한 게 별로 없어, 여기는.

열매가 준비하는 사이 노인은 가게를 둘러보았다. 그리고 벽에 걸린 작은 족자를 응시하며 혼잣말인지 열매들으라고 하는 건지 "일조출문거 귀래야미앙(一朝出門去 歸來夜未央)……" 하고 중얼거렸다.

구 회장	어느 아침 문을 나서 떠나가면 돌아가려 하여도
	밤이 끝없구나.

손열매는 커피를 타면서 염색하지 않고 기른 그의 백발이 어둑어둑한 장의사 조명 아래에서 참 호사롭게 빛난다고 생각했다.

구 회장	그쪽은 여기 딸이요?
손열매	아뇨, (잠시 머뭇거리다가) 알바인데요.
구 회장	내가 이 마을 살던 사람이에요. 나 모르는 사람
	없을걸?
손열매	누구신데요?
구 회장	(좀 당황해하며) 나?
손열매	네, 모르는 사람 없을 거라고 하시니까 누구신지
	궁금해서요.
구 회장	(사뭇 호탕하게) 하하하하…….

그때 일행인지 운전사인지 모를 젊은 남자가 들어왔고 노인은 커피를 받아 들고 성큼성큼 걸어 가게를 나갔다. 남자는 눈빛이 서늘하고 동작마다 딱딱한 긴장이 배어 있었다. 남자가 도로 나가는 순간 손열매가 붙들고 커

피값을 달라고 했다.

남자	이런 것도 돈 받는 상품이에요?
손열매	이런 거냐니요, 인건비까지 들어간 커피를 두고.
남자	근데 누구시죠? 오래전에 봤어도 내가 고수미 얼굴을 모를 리가 없는데, 수미는 아니고.
손열매	아니죠, 알바생이에요.
남자	아, 알바, 그렇구나.

　　남자는 지갑에서 만 원짜리를 꺼내며 거스름돈은 됐다고 했다. 어차피 열매도 현금이 없어 거슬러 줄 생각은 없었다.

손열매	한 잔에 천 원 쳐서 아홉 잔 달아 놓을게요. 성함이 구 회장이시라고 했죠?

　　남자는 어이가 없다는 듯 약간 웃었고 대답도 없이 벤츠에 올라탔다.

전환의 음악. 전나무숲, 부식된 흙, 이끼와 풀잎, 커튼처럼 드리워 있는 거미줄과 환상적으로 펼쳐진 버섯밭. 어저귀는 자연의 신비로움과 아름다움, 강건함, 생명을 살리는 물을 테마곡으로 가지고 있다.

　　손열매는 무지갯빛 장우산을 들고 옆집의 어저귀를 찾아 나섰다. 그 옆집은 담장을 함께 쓰고 있는 말 그대로의 옆집도 아니었고 전면에 떡하니 자리 잡고 있는 중학교 인근도 아니었고 어느 귀농자가 지었을 법한, 마을과 전혀 어울리지 않는 지중해풍 복층 건물도 아니었다. 중간에 교문 밖으로 나온 여자애를 만나 좀 물어보려 했더니 누군가와 "콜, 콜, 콜" 하고 통화하며 쌩 지나가 버렸다. 목소리가 귀에 익어 생각해 보니 아침의 그 지각생이었다. 인도의 비폭력 평화주의자를 별명으로 가진 그 선한 아이는 친구를 교실에 붙들어 놓지 못한 모양이었다. 하긴 두 발 달린 인간을 누가 말릴까.

　　열매는 혀를 끌끌 차며 철쭉나무 오솔길로 들어섰고 산속으로 완전히 입장했다. 오래된 거목들이 펼쳐지며 숲에서는 알싸하고 축축한 나무 향이 났다. 흙을 헤집고 나온 나무뿌리 근처에 꼬마전구 같은 버섯들이 솟아 있었다. 큰 나무 아래에는 그와 키를 다투는 나무가, 그 아래에는 성목이라고 하기에는 약하디약한 나무가, 가장 아래에는 갓 세상에 나와 겨우 달걀 같은 끝눈을 틔운 어린 나무들이 층층이 자리했다. 바람이 불 때마다 숲에는 투명한 '어떤 존재'들이 생겨나 나무들과 함께 부대끼며 흔들리는 듯했다. 그렇게 숲은 꽉 차 있었다.

광활한 나무 바다 속에, 열매는 있는 느낌이었다. 어려서 바다를 둥둥 떠다닐 때처럼 편안했고 가만한 고양감이 차올랐다. 어느샌가 산안개가 흰 새 떼처럼 몰려와 열매 주변이 온통 새하얘졌다. 그 속에서는 전나무도 전나무만은 아니고 꽃도 꽃만은 아니었다. 존재의 형태와 이름을 동일하게 지운 상태에서는 열매조차 그 백색 공기의 부분인 듯했다.

신비롭고 정결한 음악. 그때 손열매와 어저귀가 부딪혀 엉덩방아를 찧는다.

손열매　　으악!

어저귀　　(탓하듯) 아, 정말 앞 좀 보고 다니시지…….

손열매　　(앓는 소리를 내며) 안개가 이렇게 짙은데 앞을 본다고 피해지는 일이냐고요, 이게. 근데 그쪽, 왜 사람을 자꾸 놀래켜요? 일부러 그러는 거죠?

짜증이 난 손열매는 "대체 왜 그러는 거야, 텃세야 뭐야. 벌써 몇 번째야……" 하면서 자리에서 일어났다.

| 어저귀 | 산 다닐 때는요, 일부러라도 인기척을 내야 합니다. 네? 무슨 멧돼지랑 하이파이브 할 일 있어요? 그렇게 조용히 다니다 큰일 난다고요. 지금 해발 육백 미터에서 혼자 뭐 합니까? |

열매는 자기가 그렇게 높이 올라온지는 모르고 있었다. 본인은 그저 걸었을 뿐이니까.

손열매	저기 장의사, 아니 매점 사장님이 두릅이 필요하다고 해서.
어저귀	아니, 심부름을 왔으면 왔다고 말을 해야죠.
손열매	그렇게 혼자 떠드는데 언제 말을 해요? 기회를 안 줬잖아요.
어저귀	우리가 지금 차례 정해서 토론하는 것 아니잖아요. 사적 대화에서는 적당히 봐 가며 티키타카 하는 거지, 평소 말주변이 좀 없으신가 봐요.
손열매	(기가 막히다는 듯이 웃으며) 아 진짜, 내 개인 정보는 안 주려고 했는데 성우한테 말주변 운운하고 앉았네, 이분이.
어저귀	에이, 성우 할 목소리는 아닌데, 살충제 맞은 모기처럼 그렇게 떨어서 어떻게 성우를 해요?

손열매가 우뚝 섰다. 지금도 목소리가 떨리는지는 의식 못 하고 있었기 때문이다. 평소 목소리를 모르는 사람까지 눈치챌 정도면 얼마나 티가 난다는 걸까. 열매는 갑자기 눈물이 나서 안개에 묻혀 있던 손을 들어 닦았다. 그러고 보니 정신과 진단을 받고도 울어 보지는 않았다. 물론 슬프지 않아서는 아니었다.

손열매 (떨리는 목소리로 울컥하며) 이거 원래 제 목소리 아니에요. 왜 설명해야 하는지 모르겠지만 아무튼 그렇습니다, 네?

어저귀 (당황하며) 아니, 그렇다고 울 것까지는. 죄송해요. 제가 요즘 몸에 흑담즙이 많이 나와서.

손열매 그게 뭔데요?

어저귀 인간으로 말하면 우울증이라고…….

손열매 (콧방귀를 끼며) 네네, 저도 먹고사는 데 애로 사항이 많습니다.

안개가 걷히더니 풍경이 제빛을 찾았다. 어저귀와 열매는 서로의 얼굴을 바라볼 수 있게 되었다. 열매는 눈물 자국을 들킬까 봐 고개를 홱 틀었다. 어저귀는 들고 있던 나무 봉으로 괜히 수풀을 헤쳤다.

어저귀   그쪽 목소리에는 아무런 이상이 없습니다. 그쪽
에서 긴장된 냄새 분자들이 날아와서 알아챈 거
지. (확신을 주려고 목소리를 높여) 아니, 그러니까
제 말뜻은요, 제가 후각이 얼마나 좋냐면, (흥흥
냄새를 맡는다) 우리 처음 만났던 버스 정류장 있
죠? 지금 도착한 버스 기름 냄새랑 오르는 사람
들 체취가 다 구별되는데 (또다시 흥흥대며) 지금
양미가 버스 잡아타고 나가네. 걔가 불닭볶음면
마니아라 캡사이신, 향미 증진제, 정백당, 치킨
추출 농축액 그런 인공적인 냄새가 아예 배어 있
거든요.

회상.

고수미   그 외계인은 전나무 바다 속에서 살아.

열매는 주위를 둘러봤다. 온통 전나무들이었다. 풍상
을 겪은 노인의 살결처럼 수피가 거칠고 파인 나무에서
포슬포슬한 이끼에 뒤덮인 나무까지 모두. 열매는 어저
귀가 혹시 수미가 말하던 '그것'인가 싶은 생각이 들었다.
물론 외계인일 리는 없고 열매는 그게 내심 '첫사랑'을 가

리키는 표현이리라 짐작하고 있었는데 이게 그거라니.

대학 시절 회상. 시끌시끌한 술집, 서로 웃고 농담하고 떠드는 사람들 목소리가 들린다.

고수미   (술에 취해 애틋하게 회상하며) 아무도 몰라도 나는 알았다. 걔가 외계인인 걸.

친구 1   (듣지 않으면서) 원래 휴학은 말이야, 한 번 하면 두 번 하고 싶고 두 번 하면 세 번 하고 싶고 다시 수능 보고 싶고 그러다 시간 다 간다.

전 남친   (가볍고 아부하는 듯한 말투) 사장님, 여기 기본 안주, 강냉이 말고 혹시 팝콘 안 될까요? 팝콘, 전자레인지에 돌리는 즉석 팝콘이라도, 있죠? 있으시죠?

친구 2   형, 지금 팝콘이 중요한 게 아니잖아요. (울컥하며) 지영이가 제 전화를 안 받는다고요.

손열매   (술에 취해 귀여운 말투) 그란디 언니이느은 거 외, 계, 인 아니구 첫사랑이지?

고수미   (웃기만 하고 말을 안 한다)

손열매   (점점 고향 말이 나오며) 뭐여! 가는 말은 있넌디 올 말은 어디 갔남?

고수미	말 못 해.
손열매	왜 못 혀, 사랑이거들랑 사랑이라고 허지 왜 못 혀? 들키면 이티(E.T.)마냥 잡혀라두 가는 겨?
고수미	……너무 슬픈 얘기거든.
손열매	하이구, 내가 듣구 판단허닝께 걱정을 말어. 내가 요즘 안구가 건조해져 그짝에 습기 차넌 일이 읎거든.
고수미	나를 살려 준 적이 있어.
손열매	어따매, 그러믄 새드 무비가 아니구 히어로물이잖여, 손예진 나온 「클래식」이 아니라 「스파이더맨」이잖어. 무신 슬픔이 있댜?
고수미	나만 살아남았거든.

어저귀가 사는 곳은 작은 한옥을 개조한 건물이었다. 단층에 팔각지붕이 올라가 있고 현관에는 불투명 유리창이 조그맣게 달려 있었다. 집이라기보다는 소강당이나 회관 같은 느낌이었다. 건물 옆면에 긴 균열이 가 있었는데 열매 체구보다도 더 굵은 나무뿌리와 가근 들 때문인 듯했다. 아무리 자연이 좋아도 그렇지 저런 뿌리는 제거해야 하는 것 아닌가 열매는 의아했다. 그리고 고개를 들었을 때 열매는 수십 미터까지 치솟은 거대하고 위

엄 있는 전나무를 보았다. 어저귀의 집은 그 전나무 둥치 속에 폭 안겨 있었다. 한쪽으로 기울어 있는 '시 지정 보호수 508호 완주 전나무' 안내판이 보였다. 수미 방 액자에 담긴 건 나무의 일부에 불과했고 실제로는 너무 크고 육중해 마치 땅을 움켜쥐고 공중을 휘감으며 솟아난 거대한 토네이도 같았다.

손열매　　(전나무에 빠져든 듯한 목소리) 워따, 크긴 정말……
　　　　　　크구먼.

어저귀　　(문소리 들리며) 할머니가 돌아가셔서 제가 며칠
　　　　　　두릅을 못 땄어요. 당장은 이만큼이네.

　그 말을 들은 손열매는 마음이 누그러졌다. 할아버지가 세상을 떠났을 때 열매도 태풍으로 집 벽이 날아가 버린 동화 속 돼지 삼 형제 같은 기분이었으니까. 한동안 요양 병원에서 지내느라 자주 만날 수 없었는데도 '어딘가에' 할아버지가 있는 것과 '어디를 가도' 없는 것은 너무 달랐다. 항상 허전했다.

손열매　　그 뭐냐 흑담즙인가 흑당인가 하는 게 문제면,
　　　　　　혼자 있으면 안 된대요, 고립은 금물이고 인간관

계…….

어저귀　　인간들! 인간들에게 저는 지쳤습니다. 사백 년
　　　　　　살면서요, 최근 몇 년간 집중적으로 인류애 상실
　　　　　　이에요.

　사백 년이라는 말이 이상했지만 손열매는 비유적인
표현이겠거니 여겼다.

손열매　　네, 저도 뭐 인정 많은 스타일은 아닌데, 전문가
　　　　　　들이 그러더라고요. 하나 마나 한 소리지만 사람
　　　　　　은 사람 가까이에 있어야 한다고.
어저귀　　전 사람도 아니니까 일없어요.

　이것도 비유적 표현인가? 손열매는 잠시 생각했다.
만약 아니라면 당장 뒤돌아서 마을로 뛰어가야 할 판이
었다. 이 산에는 지금 어저귀라는 이상한 별명의 남자와
자기밖에 없지 않은가. 열매는 힐끔 퇴로를 살피며 한 발
뒤로 물러섰다. 다행히 등산객들을 위해 세워 놓은 하산
로 간판이 보였다. 열매는 두릅이 담긴 바구니를 두 팔
로 감쌌다.

어저귀	(계속 넋두리하며) 천 년은 거뜬히 사실 줄 알았는데 갑자기. (침통한 목소리) 숲 곳곳에 고사하는 나무들투성이예요. 길가가 아니라 안 보여서 그렇죠.
손열매	아, 그렇군요.

　손열매는 건성으로 답하면서 하산로를 향해 옆걸음을 걸었다. 어저귀는 숲을 무대로 한 비극의 주인공처럼 점점 고양되어 갔다.

어저귀	여기 운룡사 천년 은행나무랑 자매셨는데 아마 올해 거기에도 열매가 별로 안 달릴 거예요. 지금 숲의 모든 나무가 상심이 크거든요. 수백 년 된 대경목들이 쓰러져요. 언제 이장님이 민원을 넣어 주셨는데 공무원들은 나와 보지도 않고요. 저기, 이제 가세요? 인사는 하고 가시지. 그럼 가세요. 어머니께 안부…….

　산에서 마구 뛰어 내려온 손열매는 수미의 외계인이 저 인간은 아니겠지, 하고 생각했다. 설마 눈 높기로 소문난 고수미가 그럴 리가 없었다. 말이 별로 없고 감정도 늘 어느 온도만을 유지했지만 사람들은 수미의 그런 면, 이

를테면 '따뜻한 아이스아메리카노' 같은 면을 좋아했다. 함께 지내다 보면 겉으로 드러나지 않는, 누구보다 세심한 온정을 알게 되니까. 어쩌면 누구보다 열매가 그 점에 반했는지도 몰랐다.

한참을 내려와 터덜터덜 걷던 열매는 우산을 안 돌려줬다는 사실을 깨달았다. 이놈의 우산에는 귀신이 붙었나 손에서 떠나질 않아, 하는데 비가 투둑투둑 떨어졌다. 열매는 돌아서서 자기가 뛰어 내려온 산길을 바라보았다. 어제만 해도 보이지 않던, 갈변된 전나무 가지들이 어둑한 가운데서도 드문드문 구별됐다. 마치 단풍 든 듯도 보였지만 전나무는 상록수니까 결코 자연스러운 일은 아니었다.

가게 문 여는 소리, 가스레인지 위 압력밥솥의 신호 추 소리. 쉿쉿 치기치기치기 흔들리는 그 소리는 저녁이 시작되는 신호다.

손열매　(어수선하게 설명하며) 벌써 오셨어요? 그 이웃집 청년이 말이 너무 많아 가지고 우산도 못 돌려줬는데 마침 비가 와 버리니까 그건 잘된 건데…… (계속 설명하려고 한다) 두릅 좀 얻기가 참 어려웠고 가져는 왔는데…… 저 아직 서울 안 갔어요.

수미 엄마   (무심하게 하지만 그런 열매의 속내를 알아주며) 이제 저녁 먹자. (어제보다 생기가 있게) 밥은 안쳤어.

보글보글 물을 끓여 두릅을 데치는 소리. 정갈하게 느껴지는 그릇 소리.

손열매   오늘 일은 잘되셨어요?

수미 엄마   잘되고 못될 게 뭐 있나. 장례는 죽은 사람이 아니라 산 사람을 위해서 지내는 건데 가족이 없으니 내일 바로 나간다고 하대. 암 환자가 일 오면 싫어도 하는데 사람이 없으니 그럴 일은 없었네.

손열매   몸은 괜찮으세요? 항암이 무척 힘든데.

수미 엄마   그건 다 지나고 이제 머리털만 나면 괜찮아. 머리털이 문제지.

손열매   저도 탈모 있어서 탈모 샴푸 쓰는데 제 것 같이 쓰세요.

수미 엄마   홈쇼핑에서 떠들어 쌓는 건 봤는데…… 젊은 사람들도 그런 걸 써?

손열매   저요? 한 움큼씩 빠져요. 아침마다 하수구에서 제2의 자아를 발견한다니까요. 근데 이게 보통 샴푸가 아니에요. 인삼, 당귀, 감초, 창포 넣어서 천 시간을 고아 만든 머리 보약이에요, 보약. 사실 머리카락이 튼튼하려면 모근, 그러니까 나무로 치면 뿌리가 중요하거든요. 거기다가 퇴비를 팍팍 넣는 거죠. 화학 비료 이런 거 말고 유기농 무농약 친환경 보약으로다가.

수미 엄마 (웃으며) 성우라서 말 한번 잘허네. 완판하겠어.

손열매 그래요? 병 나으면 저 전업할까요?

수미 엄마 (놀라며) 무슨 병이 있어?

손열매 그냥 별건 아니고, 아니, 별거 아닌 건 아닌데 (머뭇거리다) 마음이…….

수미 엄마 몸이든 마음이든 아픈 데는 잘 먹어야 돼. 같이 있는 동안 유기농 무농약 친환경으로다가 같이 잘 먹어 보자. 그래야 젓갈 같은 놈들 떼어 놓고 제 갈 길 가지.

손열매 (만 원짜리를 건네며) 아까 구 회장이라는 분이 오셔서 커피를 드셨는데요. 따뜻한 커피를 찾으시더라고요.

수미 엄마 회장은 무슨, (무시하며) 초등학교 때 구구단도 못 외우던 2학년 8반 구대길. 양조장집 아들이라 어려서도 그 집 보모가 가방 들고 교실까지 데려다줬잖아. 기고만장했지. 전번에 와서 돈 자랑 하길래 다신 오지 말랬는데 왜 또 왔어. 생긴 것도 꼭 빚다 만 만두 같은 게.

손열매 (흡 웃음을 참으며) 온장고를 놓는 게 어떠세요? 산행하면 으슬으슬 추우니까 손님들이 찾을 만한데.

수미 엄마 손님이 온다면 얼마나 온다고.

손열매 커피 파는 곳이 여기 하나 아니에요? 카페나 그런 거 없죠?

수미 엄마 대개는 옆 동네 천년 나무 보러 가지. 거기는 관광단지가 떠들썩하게 만들어졌어. 여기 골프장 애기도 그래서 나오는 거지. 두릅은 어때? 향긋하지?

손열매 네, 처음 먹어 보는데 가시가 있네요? 생선도 아닌데.

수미 엄마 참두릅이라 그래. 땅두릅은 솜털만 있는데 참두릅은 나뭇가지에 달리니까 가시가 있어. 참두릅은 칼 이런 걸로 따면 못 먹게 되고 사람 손으로 따야 해. 이게 진짜지. 근데 가시가 걸려?

손열매 (어색하게 부인하며) 아니요. 왜요?

수미 엄마 (재미있다는 듯이) 얼굴이 꼭 우리 수미 옛날에 생선 먹일 때 같네. (깔깔대며) 못 먹을 거 같으면 내일은 칼로 정리해 줄게. 애기네, 애기.

손열매 (부인하며) 아니에요, 제 나이가 몇 갠데 이 정도
가시도 못 먹어요.

수미 엄마 (깔깔깔 웃는다)

손열매 아니, 진짜 아니라니까요. 저 지금 완전 두릅 느
끼고 있거든요?

그날 손열매는 자면서 생각했다. 어쩌면 월세 육십만 원이든, 삼십만 원이든 수미 엄마에게는 중요한 게 아니었을지도 모른다고. 자기에게도 그 돈이 그런지는 확신할 수 없지만.

편안하고 내일에 대한 기대가 깃든 음악이 흐른다. 그러다 어제처럼 대문 두드리는 소리.

아이들 양미야, 학교 가자!

열매는 눈을 번쩍 떴다. 이 평화로운 공기를 누릴 조금의 행복도 왜 저 아이들은 주지 않는가. 정작 양미라는 애는 학업 의지가 없는 것 같은데. 열매는 열이 올랐다. 이제 세입자로 눌러앉은 판국에 저 소란을 알람 시계처럼 매일 들어야 한단 말인가.

안에서는 반응이 없고 아이들은 계속 문을 두드린다.

아이들   오늘 체육 시간에 피구 한댔어. 너 없으면 안 돼.

양미   간디, 야, 나마스테, 나 오늘 학교 안 가. 어제 읍
내 갔다 와서 피곤해.

이불을 머리끝까지 덮고 소음을 피해 보던 열매는 눈을 번쩍 떴다. 어제 어저귀가 양미라는 애가 버스 타고 나간다고 한 말이 생각났기 때문이다.

파드마(간디) 어디 갔다 왔는데? 어제 외출은 외출이고 오늘
은 오늘의 태양이 떴잖아.

율리야(푸틴) 피시방 가서 게임했겠지 뭐 했겠어. 야, 우리 먼
저 가자.

양미   푸틴 너 다 들린다. 언니 피시방 안 갔다, 미래를
도모하는 건설적인 일 했다.

율리야   뭐 했는데?

양미   니네가 알아서 뭐 하게. 너는 러시아 가고 너는
인도 가라고.

율리야   야, 너 진짜 학폭으로 찔러 버린다. 너 그런 거 있
으면 앞날에 도움 안 되는 거 알지? 우리 킹받게

하지 마…….

문이 열리고 슬리퍼 질질 끄는 소리가 들린다.

양미　　　간다 가, 학교 간다고.

문이 쾅 닫히고 걷는 소리.

파드마　　양미 너 저번에 커버 댄스 춘 거 틱톡에 올렸다.
　　　　　　고향 친구들 사이에 유명해졌어.

양미　　　(관심 없는 척) 촌스럽게 그런 짓 좀 하지 마. 그때
　　　　　　몸도 못 풀고 춘 건데.

파드마　　벌써 오십 명이나 봤어.

양미　　　(기대를 은근히 감추며) 그래? 뭐 보여 줬는데?

율리야　　「톰보이」 보여 주던데?

양미　　　그때가 좋았지, 학원에 언니들도 있고. 지금은
　　　　　　다 흩어졌어.

율리야　　어디로?

양미　　　오디션 본다고 서울 가고, 전학도 가고.

파드마　　그래서 슬프구나.

양미　　　야, 간디, 너 슬프냐고 이제 그만 물어.

율리야	왜?
양미	(분노를 누르며) 그 말 너무 싫으니까.

열매는 아침마다 지나치게 슬픔에 대해 논하는 아이들 때문에 늦잠을 자지 못하고 또 일어났다. 한숨을 쉬면서 휴대전화를 확인하는데 오디션 공고 이메일이 와 있었다. 「툰드라의 여왕」이라는 시리즈물이었고 이미 열매도 본 작품이었다. 어려서 숲에 버려져 동물들과 함께 성장한 여자아이가 북극 나라의 왕이 되는 과정을 그린 애니메이션이 드디어 수입되는 모양이었다. 여름으로 잡혀 있는 오디션 날짜를 가만히 셈해 보다 열매는 이메일을 클릭해 휴지통에 버렸다. 툰드라의 모기나 하루살이면 모를까, 여왕은 어림도 없었다. 평소에도 목소리가 얇아 어린아이나 체구가 작은 인물을 주로 연기했는데 지금은 그마저도 '실패 중'이니까.

열매는 두 손을 겹쳐 이마를 받치고 엎드려서 생각했다.

손열매	나는 지금 저 아래까지 떨어지고 있는 중이다. 어디가 끝인지 알지도 못한 채로 중력에 이끌려 하강 중이다. 컴컴한 어둠 속에는 손잡이가 없어

서 아무리 버둥거려도 뭔가를 잡을 수 있을 것 같지가 않아. 어디에 도움을 바라야 할지 알 수 없고 부를 수 있는 이름도 없어. 수미 언니조차 모습을 감췄으니까 이제 정말 아무도 없네.

슬픔이 몰려왔고 몸이 아주 무거워졌다. 이래서 옆집 아이가 슬픔을 싫어하는구나. 무거운 몸으로는 춤은커녕 몸풀기도 할 수가 없으니까. 그런 낙담 속으로 한없이 빨려들어 가다가 열매는 겨우 이마를 떼고 일어났다. 부엌에서 된장찌개 냄새가 풍겨 왔기 때문이었다. 그리고 우리는 옛날식으로 해요, 하고 수미 엄마가 또 다른 부고 소식을 듣는 소리도.

그렇게 해서 완주 마을에서 열매의 일상은 일정한 루틴을 갖게 되었다. 수미 엄마는 대개 아침에 가서 염을 하고 1, 2시쯤 돌아왔고 그동안 매점은 열매가 지켰다. 수미 엄마가 시킨 게 아니라 그냥 열매가 좋아서 하는 일이었다. 잡념이 덜해졌으니까. 일주일도 되지 않아 열매는 완주 마을의 주요 인물을 다 만났다.

마을 풍경을 참 고상하게 망치고 있는 지중해풍 복층 건물의 주인은 놀랍게도 배우였다. 그는 경계가 심해, 많은 집들이 대문도 없는 이곳에서, 유일하게 통 주물로 된 대문을 달았고 CCTV를 설치했으며 신변이 노출된다며 모든 택배를 합동 장의사로 시켰다. 그리고 이른 아침이나 문 닫을 때쯤 선글라스를 쓰고 나타나 찾아갔다. 영화광인 열매는 그가 몇몇 문제작에서 인상적인 연기를 보여 주었다는 걸 기억하고 있었지만 2010년대 이후 이렇다 할 활동이 없었는데 사생활에서 이 정도로 경계해야 할까 의문이었다. 게다가 택배만 찾아서 얼른 돌아가는 것도 아니고 매점 앞 파라솔에 앉아 담배를 피우며 시간을 끌었으니까.

정애라는 그윽하고 고상한 중저음, 말투는 거만하고 냉소적이다.

정애라   아무리 마당이 있어도 그 공기랑 (숨을 훅 들이마시며) 진짜 바깥 공기는 완전히 (후 뱉어 낸다) 달라. 자기, 나 커피 한 잔 더 부탁해.

손열매   이번에도 얼음 한 알 넣어 드려요?

정애라   (굉장히 흐느적거리며) 응, 한 알만. 자기는 어떻게 이렇게 커피를 잘 타?

손열매   (머쓱해하며) 분말 커피인데요 뭐. 똑같죠, 어떻게 타든.

정애라   (정색하며) 그런 말 하지 마. 손! (손가락 하나하나를 마치 피아노를 치듯 움직이며, 소리로는 손가락을 비비는 정도로) 손 기운이라는 거 무시 못 하니까. 그리고 자기 목 쓰는 일 했지?

손열매   (놀라며) 네?

정애라   두성은 두성을 알아보고 미성은 미성을 알아보지. 뭐 했어? 성우?

손열매   (더 놀라며) 네!

정애라   놀라긴, 귀엽게. 그러면 더불어 영화를 논할 만하겠네.

손열매   (조심스럽게) 근데 제가 지금 목 상태가 좋지 않아서 미성은 아니죠.

정애라   미성이 뭐 예쁜 목소리만 가리키는 줄 알아? 그건 질서야, 호흡과 발성의 조화. 그런 건 컨디션 좀 나쁘다고 안 변하지. 얘, 얘, (멀리 있는 강아지를 부르며) 샤넬, 엄마가 똥 먹지 말랬지? 이리 와, 이리 와, 어서.

샤넬   (멍멍 하며 달려오는 소리)

정애라   내가 아무리 샤넬이를 끔찍하게 사랑해도 저런 더리(더티)한 식성은 못 견디겠어. 우리 샤넬이가 시고르자부르종이라 저런 걸까.

손열매   시고르자부르종이 시골 개 말하는 거죠?

정애라	정확히 말하면 시고르자부르종이 아니라 시고
	르자부르 마운틴종이야. 아웃도어 출신이거든.
	저기 뒷산 출신.
손열매	네…… 제가 알기로 분식증, 그러니까 강아지가
	자기 대변 먹는 건 흔한 버릇이라던데요.
정애라	내가 사다 놓은 간식이 냉장고 한가득이고 이 택
	배 다 유기농 친환경 무농약 상품들인데 지 똥이
	제일 낫다니. 자식은 역시 엄마 맘대로 안 되나
	봐. 강형욱이라도 불러야 하는 걸까.

오토바이 소리가 나다 멈추며 이장이 가게로 들어온다.

이장	아이구, 안녕하세요? 배우님, 오랜만에 뵙네요.
정애라	(아주 거리감을 두며) 네, 안녕하세요. 나 이제 가
	볼게, 아, 자기 조만간 우리 집에 한번 놀러 와.
손열매	네? 네.
정애라	(이장에게 인사하며) 그럼 이만.
이장	배우님, 가끔 마을 행사에도 나오고 그러세
	요……. (샤넬이가 멀어지며 짖는 소리 들린다) 가 버
	렸네. 컵라면 하나만 줘, 입맛이 없어서 오늘은
	그걸로 때워야겠네. 수미 엄마는 어디 가셨고?

손열매　네, 염하러 가셨어요.

이장　자기 몸도 아프면서 그 흉한 일을 끝까지 하고 다니네. 참 별스럽고 대단한 사람이야.

손열매　오래되셨잖아요, 프로시잖아요.

이장　그거 때문에 그렇게 맘고생하고도 일은 안 놓네.

손열매　(궁금해하며) 왜요? 무슨 일 있으셨어요?

이장　나는 말 못 하지. 내가 입이 자물통 같은 사람이거든. 여기 집집마다 소득이 어떻게 되는지 관에서 지원받으려면 다 나를 거치는데 내가 입이 안 무거우면 누가 믿고 맡겨? 말 못 해. 우리 마을 누구도 99년 수해 얘기는 꺼내지를 못해. 댐 때문에 우리 천이 넘쳐서 애들이 사고가 났어. 동굴로 도망간 몇 명만 살았지. 지금 용운이 엄마가 골프장에 싹 팔고 나가려고 하는 거 원주민들은 말리지를 못해. 자식 죽은 마을 떠나고 싶은 마음 그동안 견뎌 온 것만도 얼만데, 그 보상받는 셈 치겠다는데 누가 무슨 말을 하겠어? 와서 나한테 한마디씩 하는 사람들은 죄다 (강조하며) 그때 일을 못 겪어서 그런 거야. 몇 해 동안 서리 맞은 옥수수밭모냥 마을이 괴괴했지.

손열매　그럼 여사님이 맘고생한 건 수미 언니만 모면해서예요?

이장　아니, 그걸 어떻게 알어? 수미랑 어저귀만 살아
온 걸? 이 아가씨 용하네. 처음에는 다들 정신이
없었는데 나중에는 불똥이 여기로 튀데. 현장에
서 살아 왔겄다, 장례업으로 돈 벌었겄다, 아주
표적이 돼 버렸어. 말도 마, 기냥 아픈 사람들끼
리 서로 상처만 후벼 판 셈이니 그 이야기를 내
가 어떻게 해. (왈칵 화를 내며) 그런 마을 역사를
다 아니까 내가 어느 편을 들지를 못하는 거야.
이장은 대체 뭐 하냐, 마을 없어지는 거 보구만
있냐. 보고만 있을 수밖에 없는 사정도 있는 거
라. 에이구, 내가 입이 자물통이라 절대 자세히
는 말은 안 해.

　　손열매는 컵라면을 내주고 잠자코 돈을 받았다. 그해
여름 부고장에 아이 이름 없이 부모 이름만 쓰여 죽음을
알리고 있던 정황이 단번에 이해 갔다. 열매는 가게 문을
열고 밖으로 나가 완주 마을을 바라다보았다. 어느덧 익
숙해져 어디에 누가 사는지도 대강 그려졌다. 마을에 일
어나고 있는 분열은 사람들의 동선으로도 느껴졌는데,
의견이 다른 사람들의 집 앞을 주민들은 서로 지나다니

지도 않았다. 가끔 커튼을 조용히 걷고 경계하듯 밖을 살피고 있기도 했다.

용운이 엄마는 "대안 없는 반대 보상금만 줄어든다" 하는 현수막을 내걸고 골프장 건설 동의서를 낸 집의 수를 매일매일 새로 써 붙이고 있었다. 70호 가운데 23일 때도 있고 갑자기 27이 되기도 했지만 30이 넘는 경우는 없었다. 워낙 글씨체가 크고 원색이라 처음에는 고래고래 외치는 듯 느껴졌지만 이장의 말을 듣고 보니 그건 상처가 욱신거려 항의하는 것에 가까웠다. 그런 복잡한 결의 이야기 속에서도 산들바람이 불었고 어디선가는 라일락 냄새가 났다. 열매는 달큰한 그 냄새를 맡았고 그런데 향기뿐 아니라 봄을 맞아 나무들이 필사적으로 내보내고 있는, 각자의 유전 정보가 담긴 꽃가루도 동시에 흡입했다. 하얗고 노란 꽃가루들은 희고 노란 돌개바람처럼 합동 장의사로 불어닥쳐 파라솔 아래 앉아 태블릿 피시를 켠 열매의 비강을 자극했다.

손열매　　　에취!

열매는 코 밑을 비비고는 영화를 재생시켰다. 백서른네 번째 보는 「첨밀밀」이었다. 볼 때마다 열매는 장만옥

▶　　　　　　　　　　　　　　074

의 입 모양에 자기 목소리를 입혀 보곤 했다. 장만옥은 말하기 전 늘 어떤 감정을 미리 물고 있었다. 맥도널드에서 아르바이트할 때는 억척스러움을 물고 있었고 비 오는 야시장에서 해적판 카세트테이프를 팔 때는 밤의 불빛처럼 아련한 희망을 품었고 오래된 브라운관에서 죽은 등려군의 얼굴을 볼 때는 인생에 대한 의문을 얼굴과 입 모양으로 담고 있었다. 장만옥은 슬픔 앞에 무너져 내린 사람의 비관과 그럼에도 변치 않는 말갛고 천진한 낙관을 함께 가지고 있었다. 남녀 주인공 이요와 소군이 새해 인사를 나누는 부분은 열매가 가장 좋아하는 장면이었다.

자신의 곤궁함을 감춰 가며 서로의 복을 빌어 주는 애틋한 목소리.

소군   전진하는 새해가 되기를.

이요   번영하고 부자가 되기를.

소군   순풍 받은 배처럼 순조롭기를.

이요   네 몸이 건강하기를.

소군   모든 일이 뜻하는 대로 되기를.

이요   늘 당당하고 용기 있기를.

소군   좋은 마음이 좋은 일을 부르기를.

이요   큰 복을 받고 큰 선물이 찾아들기를.

소군　　　모든 일이 순탄하기를.

이요　　　우정 만세.

꿈속, 할아버지는 창세기 비디오에 앉아 있다.

할아버지　（크게 기침하며）에취, 봄 되니까 나무들이 제짝 찾
　　　　　　으려고 꽃가루 편지를 날려 쌓네. 아니, 근데 열
　　　　　　매 니는 또 그 울고 짜는 영환 겨?

손열매　　이? 할부지가 「첨밀밀」을 우떠케 아는감?

할아버지　야들이 내가 가게에서 눈 감구 있다고 진짜로 자
　　　　　　는 맨치 알고 있었나 봐. 아예 산송장 취급을 했
　　　　　　나 부네.

손열매　　아니, 그런 게 아니고 할아부지 타입의 영화가
　　　　　　아니니까 그렇지. 할아부지는 그 뭐냐 「마스크」
　　　　　　좋아했잖여. 그래서 내가 그 비디오테이프도 안
　　　　　　즉 갖고 있어.

할아버지　거기 비디오테이프가 없을 것인디?

손열매　　이? 빈 통이여?

할아버지　（못 들은 척）열매야, 할아부지가 예부터 정이 많
　　　　　　고 사랑에 약한 사람이었어. 젊었을 적에는 「애
　　　　　　심」, 「로마의 휴일」 이런 거 보러 명보 시네마에

꽤나 싸돌아댕겼지. 니 애비가 비디오 가게를 한 것이 집안 내력인 겨. 그래서 결국 열매 니가 영화배우가 됐잖어.

손열매   참나, 할아부지는 요딴 유전자를 물려줘 놓고 영화배우를 바라면 워쩌는가. 하늘나라 가서 그런가 전보다 더 뻔뻔허시네.

할아버지   아니, 텔레비전에 목소리가 나오든 머리카락이 나오든 뭐라도 나오면 그게 배우지, 뭐 다른 겨?

손열매   누가 들을까 두렵네. 일없슈.

할아버지   열매 니 심 좀 내야지, 안 되겄다. 근데 여기서 뭐 하는 겨.

손열매   암것도 안 혀.

할아버지   이게 암것도 안 하는 거면 송장 돼서 누워 있는 나는 우찌 되는 겨? 눈코 뜰 새가 없어 보이는디.

손열매   (웃으며) 내가 지금 빚 받으러 와서 이 집 일을 봐주고 앉았네.

할아버지   부처여.

손열매   할아부지, 이렇게 시간이 가다 보면 나도 노인이 되어 있을 거 아닌감. 나는 얼른 늙고 싶네.

할아버지   그게 무신 소리여? 젊은 게 얼마나 좋은 건디 안 늙어 봐서 헛소리를 하고 앉아 있네.

손열매	나는 왜 이렇게 쓰잘데기없이 젊은강 모르겠어.
할아버지	젊은 게 을매나 좋은 건데 그러냐. 길가의 나뭇
	잎도 새로 난 잎사구가 최고 이쁜 잎사구고 시멘
	트 공구리도 갓 양생한 시멘트가 가장 단단허고
	잘난 시멘튼 겨. 근데 우째 그런 소리를 하고 있
	어. 열매 니는 할애비가 니 이름을 왜 열매로 지
	은지 정녕 모르는 겨? 나무가 내놓은 가장 예쁘
	고 잘난 거라 그렇게 한 겨.
손열매	이쁘긴 뭘 예뻐, 잘나긴 뭐가 잘났다는 겨. 나는
	이렇게 병들고 아픈데, 할아부지가 몰라서 그렇
	지. 안 예뻐, 하낫두 안 이쁘단 말이여.

손열매는 발버둥 치다가 플라스틱 의자에서 쿵 하
고 떨어졌다. 엉덩방아를 찧어서 몸 전체에 충격이 지나
갔다. 일어나 보니 가게 안에서 여자애, 양미가 나오다
가 흠칫하며 등을 돌렸다. 등교했다가 또 빠져나온 모양
이었다.

손열매	(어이가 없어서) 뭐여, 아니 뭐지? 학생?
양미	왜요?
손열매	지금 손에 뭘 들고 있는데?

양미	(태평하게) 아줌마한테 못 들었어요? 아빠 심부름이라 우리는 그냥 주는데?
손열매	(약간 당황해서) 아빠 심부름이라고?
양미	(기분 나쁜 티를 내며) 뭐임? 지금 이 술을 내가 먹는다고 서울 알바 언니는 생각한 거임? 내가 이걸 왜 먹어요. 언니는 이 나이 때 소맥 말아 드셨나 봐?
손열매	내가 너 나이 때는 소맥이 유행을 안 했고. 암튼 내가 사장님한테 전화해 볼 테니까 여기 딱 서 있어, 그리고 아직 돈도 안 냈잖아.
양미	얼만데요?

　　손열매가 암산으로 술과 오다리 값을 계산하고 있을 때 양미가 열매를 확 밀고는 도망가기 시작했다. 열매는 넘어졌다가 발딱 일어나 양미를 쫓아갔다. 양미는 봄날의 염소처럼 경중경중 잘도 뛰었다. 그늘진 길 쪽은 비가 다 마르지 않아서 진흙투성이인데도 양미는 바짓단이 더럽혀지든 말든 상관하지 않았다. 도톰하게 익은 보리가 물결을 이루어 출렁이는 풍경 안으로 서로 쫓고 쫓기는 두 사람은 멀리서 보면 무슨 좋은 일이 있어 신나게 마을을 한 바퀴 돌고 있는 듯도 보였다.

손열매	(숨이 차서 헉헉거리며) 야, 서. 서!
양미	(힘을 내어 더 멀찍이 달아나며) 언니 같으면 서겠어요? 그만 따라와, 나도 힘들어.
손열매	훔쳐 간 년이 서야지, 내가 왜 서?
양미	뭐? 와, 어이가 없네. 지금 년이라고 했어요? 왜 욕해요? 왜?

양미가 우뚝 멈춰 서서 손열매를 쏘아보았다. 열매와 양미 사이로 논병아리 가족이 삐삐삐삐 소리를 내며 지나갔다. 양미가 맥주병을 들어 올리며 사과하라고 열매에게 소리쳤다. 뭘 사과하느냐고 되받아치자 양미는 당장이라도 병을 깰 듯이 더 높이 쳐들었다.

손열매	아, 사과할게, 욕한 거 사과한다. 그럼 너도 사과해. 도둑질이잖아. 이거.
양미	존나 죄송.
손열매	술 이리 내, 아직 민증도 없는 게.

양미는 열매와 자기 사이에 술을 던지듯 놓고 주저앉았다. 열매도 숨을 고르며 논둑에 퍼더앉았다. 어느 곳에나 '빌런'은 있기 마련이구나 생각했다. 하기는 농촌이라

고 뭐 낙원일까.

손열매	너 옆집 살지?
양미	네.
손열매	아침마다 니 친구들 와서 소리 좀 지르지 말라고 해라. 내가 밤늦게까지 일을 하거든, 그래서 원래는 열 시나 되어야 일어나. 근데 니 친구들이 아침마다 와서 네 이름을 불러 쌓는 통에 내가 숙면을 못 취해.

이렇게 말하면 미안한 척이라도 할 줄 알았는데 열매의 예상은 빗나갔다. 양미는 인상을 찌푸린 채 멀리 지평선을 바라보고 있다가 논두렁에 가래침을 천천히 떨어뜨리며 아니 근데, 하고 이의를 제기했다.

양미	사람이 아홉 시에는 일어나야 하는 거 아님? 누가 열 시까지 퍼자, 퍼자는 사람이 이상하지.

양미가 그렇게 나오자 열매는 어이가 없었다. 지도 박애주의자의 아침 방문으로 겨우 등교하는 주제에. 둘은 숨이 고요하게 잦아들 때까지 더는 대화하지 않고 아

지랑이가 피어오르는 버스 길을 보며 앉아 있었다. 냉장고에서 끌려 나온 맥주병만 햇볕에 노릇노릇 구워졌고 거기까지 생각이 미친 열매는 양미가 수풀 안에 빼돌려 놓은 소주까지 꼼꼼히 챙겨 다시 비닐봉지에 넣었다. 아스팔트 길로 오래된 승용차 한 대가 지나다 서더니 용운 엄마가 양미를 불렀다.

용운 엄마   양미, 너네 아빠 집에 있니?

양미   없어요. 거제로 일하러 갔어요.

용운 엄마   동의서 찍으라고 도장 맡겨 놓고 간댔는데 안 그 랬어?

양미   (퉁명스럽게) 예……. 저한테 그런 중요한 거 맡기 겠어요?

용운 엄마   아빠 오면 알려 줘, 아줌마 제깍 갈게.

양미는 마지못해 고개를 끄덕였다. 열매가 일어서자 양미도 따라 일어나 터덜터덜 따라왔다. 다리 힘이 빠져 땅 밑이 훅훅 꺼지는 듯 느껴졌다. 이제 열네 살밖에 안 된 저 어리디어린 것 따라 뛰는 바람에 황천 갈 뻔했다 며 열매는 속으로 짜증을 울컥 냈다. 꿈속에서 할아버지 가 젊은 게 얼마나 좋은 건데, 하고 호통치던 게 생각났다. 같이 뛰어 보니 체력은 어린것들이 좋은 게 분명했다.

양미　　알바 언니.

손열매　하나만 해. 알바라고 하든, 언니라고 하든.

양미　　저기, 알바.

손열매　이게? 언니라고 불러.

양미　　와, 하나만 골라서 부르라더니 뭐임? 차라리 처음부터 언니라고 하라고 하지. 언니 씨, 서울에서 옴?

손열매　그래.

양미　　서울 좋음?

손열매　별론데 왜?

양미　　아니 그냥…… 근데 왜 별론데요?

손열매　……뭐랄까, 사람을 참 구차하게 만든달까. 예를 들어 길 가다가 방귀가 나올 때가 있잖니?

양미　　하하하하하.

손열매　웃지 마, 자연스러운 생리 현상에. 문명인이니까 뒷사람이랑 자연스럽게 간격을 확보하고 뀌어야 하는데 인간들이 너무 많아서 참아야 하는 거 참 환장할 일이지.

양미　　접때 구경 가서 아는 언니 집에서 잤는데 물 냄새도 너무 나더라, 그런 물 어떻게 먹고 살아?

손열매　그래서 생수 먹잖아.

양미　아니, 생수가 문제가 아니라 어디를 가나 구정물
냄새가 나서, 힘들었어. 근데 요즘 서울 원룸 월
세 얼마나 해요? 나 곧 서울 갈지도 모르는데?

손열매　동네마다 다른데 어디?

양미　서울 하면 홍대지, 홍대 얼마임?

손열매　한 칠십은 할걸. 보증금 천에. 아빠랑 같이 지내
긴 불편할 텐데 원룸은.

양미　(냉소적으로 웃으며) 아빠랑 왜 같이 가. 아까 나랑
얘기한 아줌마 있죠? 아줌마가 나보고 전학 가
래요. 전학 가면 돈 좀 준다고.

손열매　왜 너를 도와주시는데? 친척이니?

양미　이 언니 서울 살았다며 순진하네. 나 전학 가면
학생 수 미달로 폐교되니까 그러죠. 어른들 참
웃겨, 부모가 버려둔 애 인생은 자기들이 마음대
로 해도 된다고 생각하나 봐. 그런 말을 와서 막
제안이랍시고 한다?

손열매　푸틴이랑 간디가 그래서 매일 찾아오는구나, 너
학교 안 다녀서 폐교될까 봐.

양미　아 씨, 어른이 돼 갖고 인종 차별 오지네. 걔네

이름 있어요, 율리야랑 파드마. 율리야는 러시아 말로 물결, 파드마는 힌디어로 연꽃.

손열매   뭐여, 니가 그렇게 부르면서?

양미   나는 그렇게 불러도 되는데 다른 사람이 그러는 건 용인 안 됨. 언니는 어른이잖아요. 어른이 그러면 돼요?

손열매   (목소리를 떨며) 야, 자꾸 어른 어른 하지 마. 어른이면 뭐, 어른들도 실수하고 멍청한 짓도 하고 막막하고 그런 거야.

열매가 그렇게 울컥하자 양미는 건들건들하던 걸음을 멈추고 열매 얼굴을 돌아보았다. 힐끔 곁눈질만 해 오던 눈을 고정해서 무언가를 읽어 내겠다는 듯이. 그때 버스가 정류장에 섰고 짐을 든 동네 사람들과 어저귀가 함께 내렸다. 그리고 기싸움 중인 연인처럼 뚫어져라 마주 보고 있는 열매와 양미 사이에서 사태를 파악하기 위해 눈치를 봤다.

양미   어른이 어른이 싫으면 어떡해? 어른인데?

손열매   그럼 너는 학생이 학생이 싫으면 어떡해? 학생인데?

양미	난 학교에서도 포기한 문제아고.
손열매	나도 낙제점 받은 사회 부적응자야.
어저귀	자, 자자, 자자자, 이제 그만하시고 심호흡, 심호흡을 합시다. 후…….
손열매	그리고 내가 니가 그렇게 강조하는 어른으로서 충고하는데 상처 받았다고 남한테 막 상처 줄 수 있는 그런 특권 있는 거 아니야. 나 아프다고 면죄부 받는 거 아니라고.
양미	열나 꼰대 같은 소리 하네.
어저귀	자, 양미 너 ○나 이런 단어의 사용이 너무 빈번하다고 내가 말했지. 말에는 기운이 있어서 그런 거 다 자기한테 되돌아온다고. 자, 그러지 말고 이제 우리 심호흡을 합시다, 숨을 훅 들이마셨다가…… 땅 위로 뱉고…….

마시고 뱉고,

마시고, 뱉고,

마시고.

길 가다 말고 복식 호흡을 하는 건 이상한 일이지만 원래 이 마을 자체가 좀 이상하니까 열매는 시키는 대로

했다. 그렇게 척추가 곧게 설 때까지 몸 안으로 공기를 넣자 아까까지는 느끼지 못했던 냄새—맵고 알싸한 향이 퍼지면서 마음이 가라앉았다. 남들은 인생 이모작 삼모작 하겠다며 열을 올리는 판국에 나는 왜 중학교 일 학년하고 싸우고 있나. 열매는 자괴감이 들었다. 호흡을 더 고르자 드디어 생각마저 날아갔다. 버글거리던 것들이 사라지고 서 있다는 느낌만 남았다. 옆에는 과잉 흑담즙으로 고생하는 우울한 어저귀와 슬픔이라는 단어만 들으면 맹렬히 저항하는 문제 학생이 서 있고 봄은 그냥 봄일 뿐이다. 그런 그들을 감싸며 마치 눈보라처럼 수양버들 씨앗이 날았다. 집집마다 쓰는 솜베개가 한 번에 터진 것처럼 동네 물가에서 출발한 희고 부드러운 씨앗들이 열매의 머리와 양미의 어깨와 어저귀의 손등을 덮었다. 그렇게 시간이 흐르고 셋은 다시 터덜터덜 걸었다.

양미	어 오빠, 투비는 잘 있어?
어저귀	겨울 잘 났지. 왜 요즘은 보러 안 와? 조만간 분봉해 줄 거니까 한번 와.
양미	분봉이 뭔데?
어저귀	일벌들 다 데리고 투비가 새 왕국 지어 옮겨 가는 거.

양미　　　　생각해 볼게. 내 꼬라지가 이래서.

어저귀가 무슨 일 있느냐고 물었지만 양미는 답하지 않았다. 삼거리에서 헤어진 어저귀는 읍내에서 사 들고 온 두루마리 휴지 등을 짊어지고 산으로 올라가고 양미와 열매는 합동 장의사까지 같이 걸어와 각자 집으로 몸을 돌렸다.

양미　　　　언니,

이번엔 또 무슨 화를 돋우려고 부르나 싶어 열매가 한숨을 쉬며 등을 돌렸다.

양미　　　　난 언니 예쁘다고 생각함.

손열매는 뭔 뜬금없는 얼굴 평가인가 싶어 황당해하는데 양미는 그렇게만 말하고 대문을 쾅 닫고 들어가 버렸다. 그때 추격전을 벌이기 전 꿈에서 할아버지를 앞에 두고 하던 신세 한탄이 떠올랐다. 어린애 앞에서 무슨 앙탈을 부린 건가 한심했지만 이미 벌어진 일이었다. 그런데 이렇게 격렬한 운동을 했으면 어른으로서 점심이라도

챙겨 먹였어야 하는 거 아닌가. 양미네 대문 앞에는 공과
금 용지가 수북히 쌓여 있었고 열매는 돌아가지도 않고
한동안 서성였다.

경의중앙선이 서울로 달려가는 소리, 열매는 정신과 진료를 위해 한 달
만에 서울을 방문했다.

정신과 의사 열매 씨 어떠셨어요?

손열매 그냥저냥 지냈습니다.

정신과 의사 그냥저냥 지낸 것치고는 검사 결과가 좋은데요?
주거지를 옮기셔서 그런가. 생활에 변화가 좀 있
으셨지요?

손열매 커피 팔고 산도 가고 복식 호흡 하고 술 훔쳐 가
는 애 잡으러 뛰어다니고 때 되면 밥 먹고 그렇
게 지냈죠 뭐.

정신과 의사 음, 식사는 잘하셨어요? 식욕 부진이었는데.

손열매 네, 두릅도 먹고 삼채 나물도 먹고 메기도 먹고
이름 모를 버섯들도 먹고 동네에서 기른 토종닭
도 먹고.

정신과 의사 주위 분들은 어때요?

손열매 좀 황당한데 일단 푸틴과 간디가 살아요. 별명이

그런 애들이요. 옆집에는 소맥을 말아 먹으려고 하는 애가 있어서 감시가 필요하고. 나무랑 혈연 관계처럼 굴면서 인류애는 잃은 남자에, 주민들은 제각각 마을을 팔자 말자 싸우고, 언니 엄마는 아직도 향 물을 만들어서 옛날식대로 염습을 하며 고생이 참 많으신데 구구단인가 한글인가를 몰랐다던 동창이 자꾸 찾아와서 질색팔색하시고 샤넬이라는 검정 개는 자꾸 똥을 먹어서 문젠데, 샤넬이 엄마가 배우세요, 옛날에 「친절한 금자 씨」에 감방 동료로도 나왔는데 아실라나? 이장님은 모든 비밀을 다 퍼뜨리고 다니시지만 애향심이 있으시고요. 동네 할머니 중 한 분은 닭 이백 마리를 혼자 치시는데 콜라로 점심을 대신하시고 배달을 가면 자꾸 날달걀을 주셔요. 목소리 좋아진다고. 그럴 리가 없는데, 그렇죠?

정신과 의사 계란이 완전식품이긴 하니까요. 열매 씨, 지금 열매 씨가 설명한 게 '관계'이고 '소속감'이에요. 소속감은 가족만 줄 수 있는 게 아니에요. 어느 한 사람과만 나눠야 하는 것도 아니고요. 열매 씨 마음속 상처는 그 맥락에서 풀어야 해요. 감정은 관계의 잔존물이니까요. 목소리도 조금 안

정되고 다른 것도 좋아 보여서 약은 이전처럼만 처방할게요. 다음 진료 때 봐요.

손열매   네! (나가려고 의자에서 일어서다가) 참 쌤, 흑담즙 이라는 게 있어요? 우울증 원인이라던데.

정신과 의사   흑담즙이요? (웃으며) 유튜브에서 들으셨어요?

대체 어저귀는 얼마나 산속 생활을 했기에 고대 그리스까지 올라가야 하는 케케묵은 개념을 믿고 앉았을까. 열매는 혀를 쯧쯧 차며 병원에서 나왔다. 흑담즙은 기원전 4세기 히포크라테스가 창시한 인간 사체액설에 등장하는 요소로 우주가 물, 불, 흙, 공기, 사원소로 이루어져 있다는 이론을 바탕으로 했다. 고양이 액체설은 들어 봤어도 인간은 처음이었는데 중세까지 성행하다가 근대 이후에는 힘을 잃어 요즘은 의학사 책이나 잡학에 관심 많은 유튜브에서나 다뤄진다고 했다.

손열매   난 또 사상 체질이라도 배웠나 싶었는데 뜬구름 잡는 얘기였네. 속을 뻔했네, 속을 뻔했어.

전철역으로 향하는 중에 대학 동창에게 연락이 왔다. 받을까 말까 망설이는 사이 전화가 끊겼고 카카오톡으

로 서울 왔느냐는 물음과 함께 몇몇이 모여 있으니 신촌으로 오라고 했다. 단체 채팅방에는 수미에게 얼마씩 돈을 건넸거나 수미 권유로 금전적 손해를 봤다고 주장하는 동문들이 모여 있었다. 열매가 완평에 갔고 거기 머무르며 돈을 받기 위해 애쓰고 있다고 알고 있는 사람들이. 열매는 기분에 취해 SNS에 전철 밖 두물머리 영상을 올린 걸 후회하며 할 수 없이 2호선을 탔다. 퇴근 시간이 가까워진 지하철은 붐볐고 마치 누군가 비벼 끈 담배꽁초처럼 승객들이 우르르 밀려 들어왔다.

동창들은 각자 퇴근 상황에 따라 띄엄띄엄 도착해서 열매는 여러 번 같은 하소연을 듣고 같은 상황 설명을 해야 했다.

연락은 않고 있어, 확실해.

그분은 돈 없어.

아니, 통장 확인은 안 했지.

그래, 빚은 받아 내야지.

마을 일로 맘고생도 하셨대.

어쩌면 수미 언니에게도 상처로 남았을지 몰라.

다소 우울했잖아?

암 환자셔.

▶

항암 끝나고 머리도 채 안 나셨어.

하지만 그런 이야기들은 돈을 잃은 동창들에게는 중요하지 않은 정보였고 알 바도 아니었다. 앵무새처럼 같은 대답을 반복하다 열매는 부아가 치밀어 올랐다. 수미가 다녔던 회사는 스타트업에 투자해 주식 시장에 상장시키는 곳으로 한때 신의 수익률로 유명했다. 그때는 어떻게 알았는지 한사코 찾아와 돈을 맡기고 한 줄기 연기 같은 정보라도 얻기 위해 애쓰더니 지금은 자기들의 실패와 손실을 모두 수미에게 떠넘기고 있었다. 그중에는 한때의 친분 관계가 무색할 정도로 험하게 굴어 이미 돈을 일부 받아 낸 애들도 있었는데, 열매의 돈은 그런 당장의 모욕을 막는 데 쓰였다.

열매는 참고 있다가 나중에는 술잔을 들었다. 화륵화륵 타오르는 인간 환멸과 혐오를 하이볼 속 얼음이 잠시 식혀 주었지만 꽤 마셔도 이상하게 취하지 않았다. 취해서 이런 더러운 기분 따위는 잊고 싶었는데 그것도 안 되니 하이볼 같은, 팝업 스토어 한정판 키링 같은 이런 술이 아니라 더 강력한 방화수가 필요하다고 생각했다. 소주 한 병과 소주잔 하나 정도.

손열매   요즘 소주는 말이야, 소주라고 할 수가 없어. 어
           떻게 이십일 도에서 십오 도까지 내려와. 소주이
           기를 포기한 거지. 인간이기를 포기한 인간들투
           성이라서 소주도 그렇게 됐나 봐.

선배   열매, 풍경 좋은 곳에 살더니 공중 부양 했나 봐.
           은근히 수미 편을 들지 않나, 인간성 탐구를 하
           지 않나.

손열매   선배, 선배 그렇게 이죽거릴 때마다 얼굴 빚다
           만 만두 같아지는 거 알아요?

선배   만두?

손열매   네, 사람 머리를 흉내 낸 모양이라 한자로도 머
           리 두 자를 쓰지만, 만두는 인간 아니고 만두일
           뿐이잖아. 대가리라는 거지, 대가리.

동창 1   너 선배한테 왜 그래, 인간이 뭔데? 아는 사람들
           을 곤경에 빠트리는 사람이야말로 인간성에 문
           제 있는 거 아냐?

손열매   너네도 벌고 싶었잖아, 돈.

동창 1   야, 내가 벌면 얼마나 벌고 싶었겠냐. 난 그냥 테
           슬라 한 대 정도 뽑을 수 있을까 해서 넣었던 거
           지. 상장 폐지 될 회사를 알려 준 건 사기 아냐?

동창 2   나도 혼수나 좀 잘 해 볼까 했던 거지, 투기 이런

거 아니었어. 왜 그래 우리한테?

동창 1   잠깐만 잠깐만, 근데 열매 니 말대로라면 거기 개발되면 보상금 생겨서 우리가 좀 받아 낼 수 있는 거 아니야?

동창 2   자식 빚은 갚을 의무 없어.

선배   수미가 죽었다면 이야기가 달라져. 죽은 자식 빚은 부모 유산처럼 대물림되거든.

동창 2   그럼 고수미가 죽었기를 바래야 하는 거야? 어떡해?

그때 얼음이 달그락하고 녹아서 떨어지는 소리가 났다. 유리잔을 타고 삼 밀리미터쯤 이동한 것에 불과했지만 그 낙하는 안전줄 없이 뛰어내린 번지 점프처럼 열매에게 걷잡을 수 없는 하강감을 주었다. 저 밑바닥으로 떨어지고 있는 것 같았다. 이 테이블에 앉은 인간들 모두 다 함께, 각자가 받아야 할 사백오십만 원과 천이백만 원과 삼천사백만 원과 육백만 원 그 밖의 소액들이 악다구니치며. 손열매는 말없이 일어섰다.

동창 2   가려고? 갈 수 있겠어? 서울에서 자고 가야지 어떻게 가?

손열매	아니, 거기 교통 굉장히 좋으니께 일없어. 너네는 서울 벢으로 나가면 지구 벢으로 떨어지는 줄 알고 오금이 저리겠지만.
선배	대학 때처럼 사투리 술버릇 나오는 거 보니 공기가 좋아서 열매 애 회춘했나 보다. 우리도 한 번씩 완평 다녀와야겠네.
손열매	이이, 그려, 꼭 와, 꼭. 안 오기만 혀. 늬덜 다 젓 같을 맨들어…….
동창 2	열매 너 괜찮아?
손열매	너, 니도 피디 준비헐 적에 언니 자취방에 얹혀 살았잖여. 사람이 일 년 가차이 증발을 하고 읎는디 죽기를 바래야 되냐고? 인간이 뭐냐맨서? 부끄러운 줄 알아야 인간이지, 씨발 인간이 뭔지 증말루 몰르는 겨?

전철의 반동은 실제보다 반박자씩 늦게 온다. 역에 설 때마다 관성의 힘으로 이 초 정도, 가던 방향대로 갔다가 몸이 돌아온다. 위장의 반동은 그보다는 템포가 빨라서 열매는 뱃속에서 꿈틀대는 닭과 은행과 파프리카와 쪽파 들을 진정시키기 위해 침을 삼켰다. 침이 소화액을 발생시켜 날뛰는 음식물들을 호물호물하게 진정시키기

를. 그리고 돈이 필요하다고 생각했다. 완평역까지는 스물세 정거장이 남았는데 돈이 있었으면 좋겠다. 그러면 저런 것들 주둥이도 돈으로 막아 버리고 수미도 돌아올 텐데. 열매는 아까 누군가가 수미를 봤다고 한 말을 떠올렸다. 누가 여의도에서 봤다는데 버젓이 회사 다니고 있는 거 아니냐고.

언니가 어떤 사람인지 십 년 넘게 본 인간들이 마치 한 번도 경험 못 한 외계 생명체 대하듯 하네. 열매는 그들이 함께 어울렸던 그 모든 시간들이 미치도록 아까웠다. 이렇게 망해 버린 추억들이 아까워서 엉엉 울고 싶었다. 우리가 이렇게 돼 버릴 줄 알았다면 그 많은 밤들을 서로의 유년의 슬픔이나 실패한 연애담이나 정신 나간 상사 이야기를 들어 주는 데 쓰지 않았을 것이다.

경의중앙선이 동쪽으로 향할수록 타는 사람보다 내리는 사람 수가 더 많아졌고 술이 깨는지 으슬으슬 추웠다. 열매는 역 이름을 하나하나씩 읽어 보며 잠들지 않으려고 애썼다. 산 너울이 이어지고 교량이 마을과 마을을 잇고 검은 유리 면처럼 보이는 밤의 하천과 수풀이 무성한 모래톱을 건너 어둑한 비료 공장과 열매 마음처럼 텅텅 빈 긴 터널을 지나면 완평, 완평역이고 내리실 문은 오른쪽이었다. 승강장에는 아무도 없었다. 전철에서 내린 열매는 쪼그리고 앉아 엄마에게 전화를 걸었다.

열매 엄마 (쌀쌀맞게) 웬일이여?

손열매 엄마, 잘 지냈어?

열매 엄마 (좀 어색하게) 나야 뭐, 요즘 밥두 안 먹히고 죽겠다. 지방 출장 간다더니 다녀온 겨?

손열매 (어리광 부리는 말투로) 아즉 출장 중.

열매 엄마 아즉꺼장? 근디 니 오빠는 요짐 일 안 하고 논다던디…… 어쩔라 그러는지. 나는 허리가 아파 죽겠어도 하루 열 시간 매장에 서서 넘의 머리를 만지는데 늬들은 그런 나를 보면서도 지대루덜 안 허구 그 모양이냐. 남들은 인자 자슥 새끼들 덕 본다는데 너그들 정신 안 채릴…….

손열매 엄마, 엄마, 엄마!

열매 엄마 애고 깜짝아, 왜.

손열매 내가 잘 지냈느냐고 물었잖어.

열매 엄마 그래서?

손열매 (약간 울먹이며) 그라믄 엄마도 엄마 얘기만 헐 게 아니라 니도 잘 지낸 겨? 하고 물어야지.

열매 엄마 하이고 벨게 다 서운해, 너야 뭇 지낼 게 뭐 있어. 즒겠다, 직업 있겠다. 왜, 무슨 일 있는 겨?

▶

손열매	아녀, 암 문제 없어.

전화를 끊고도 쪼그려 앉아 있는 열매에게 폐점 중인 전철역 매점이 눈에 들어왔다. 버리려는지 앞에 내놓은 작은 온장고도. 열매는 몇 걸음 가서 주인에게 말을 걸었다.

손열매	사장님, 이거 버리실 거예요?
매점 주인	아 깜짝아, 아니, 곧 역 닫는데 여기서 뭐 해요, 아가씨?
손열매	이 온장고 안 쓰시는 거냐고요?
매점 주인	작동 안 해요. 왜요, 달라고요?
손열매	작동 아예 안 해요? 끝? 그냥 종료인 거예요?
매점 주인	뭐…… 고치면 고칠 수도 있겠지만 필요하면 가져가 써요. 나는 음료수 회사에서 새거 임대해놨어.
손열매	정말요? 감사합니다. (비틀거리며 온장고 드는 소리)
매점 주인	취한 것 같은데 갈 수 있겠어요? 영 위험해 보이는데?
손열매	아, 걱정을 마십시오. 전혀 걱정을 할 필요가 없습니다.

매점 주인	내가 그럼 입구까지라도 들어다 줄게, 이리 내요.
손열매	그런 친절, 말씀만으로도 고맙습니다. 하지만 요 건 제가 듭니다.

온장고는 다리가 휘청일 정도로 무거웠다. 마치 인생의 무게처럼. 열매는 팔에 힘을 주고 눈을 부릅뜬 채로 그 '인생'이라는 것을 들고 뚜벅뚜벅 걸었다. 이제 한동안 전철이 오가지 않을 자정 무렵의 철로 곁을. 완주 마을은커녕 역 밖으로 나갈 수나 있을까 싶었지만 뒤에서 매점 주인이 지켜볼 것 같아 어금니를 꽉 깨물고 걸었다. 턱이 아플 때까지. 그러자 신기하게도 점점 온장고가 가벼워졌고 나중에는 종잇장을 든 듯 편해지더니 아예 무게감이 느껴지지 않았다. 열매는 뱃속부터 깊은 숨을 끌어내 후우 뱉고는 숨을 크게 들이켰다. 달짝지근하고 버터 향처럼 부드러운 나무 향이 났다. 양주를 먹은 것도 아닌데 위스키 향이 올라오네, 뭔가 이득인 듯한 흐뭇함을 느끼며 열매가 옆을 봤을 때 거기에는 삼각김밥 같은 머리 스타일을 한 어저귀가 온장고를 가져가 들고 있었다. 열매는 어저귀를 보고 가만히 웃어 보였다. 좋아서라든가 반가워서가 아니라 왜인지 다행스러워서.

어저귀	술버릇이에요?
손열매	(그냥 웃는다)
어저귀	술 먹고 우는 인간만 있는 줄 알았더니 웃는 인간도 있네.

비현실적인 상황이 주는 환상과 그것으로의 몰입을 지연시키는 선율이 동시에 깃든 음악. 몽환적인 컨트리풍.

그날 밤은 큰 도화지를 척척 접는 것처럼 시간이 흘러갔다. 한 번 접었을 때 손열매는 밤의 교량을 터덜터덜 걷고 있었고 한 번 더 접자 개구리 소리가 왁왁 나는 개천을 마치 하늘을 날듯이 사뿐히 넘고 있었다. 마지막으로 접을 때쯤에는 늘 보는 버스 정류장 위로 별이 쏟아지고 있었다. 목이 아플 때까지 별을 보고 있다가 손열매는 자기도 모르게 "거기 외계인이라면서요" 하고 심상하게 물었다.

어저귀	에? 누가 그런 말을 해요? 고수미예요?
손열매	아니, 그런 건 묻지 말고, 어디서 왔어요?
어저귀	어디서 왔냐고 하면 그쪽은 답할 수 있어요? 본인도 중간 부분만 기억하잖아요. 최초의 시점에

관한 기억은 없고 들은 말뿐이고 그렇게 살다 보면 최종 순간도 남이 기억해 주는 거잖아요.

손열매 그러니까 그짝 애기는 대가리도 꽁지도 없이 생선 가운데 토막이다, 그게 외계인의 삶이다, 이건가?

어저귀 또 외계인…… 그리고 나는 삶이라는 말도 별로 안 좋아해요. 너무 덩어리 같고 물질적이고 그냥 그거보다 '유효'쯤이 살아 있는 상태를 설명하는 데 적당하지 않나? 인간, 나무 잎사귀, 물방울, 별 먼지까지 은은히 있다가 사라지는 모양을 다 담을 수 있잖아요.

어저귀의 궤변은 그럴듯하지만 그리 관심을 끄는 대목도 없어서 열매의 수면욕을 불러왔다. 공간과 시간이 척척 접혀 현실적으로는 가능하지 않을 속도로 완주 마을 합동 장의사에 도착한 열매는 플라스틱 의자 위에서 잠이 들었다. 추워서 부르르 몸을 떨자 어저귀가 자기 점퍼를 벗어 주었다. 그리고 어디선가 나뭇잎들이 날아와 손열매의 무릎을 덮었다. 어렵게 얻은 온장고를 잃어버리면 안 되니까 발을 올려 지키면서 열매는 잠에 빠졌다. 흐린 밤하늘에 달무리만 둥글었다.

다음 날 아침.

아이들　　(크게 부르려고 숨을 들이마시며) 양미…….

문이 턱 열리고 등교 준비를 마친 양미가 나온다.

아이들　　……야.

양미　　뭐 해? 학교 안 가?

율리야　　오늘은 교복까지 챙겨 입었네?

양미　　학생이 학교 갈 때 교복 입는 게 이상해?

파드마　　아니, 안 이상해, 하나도 안 이상해.

걷는 소리.

양미　　니네 이 학교 없어지는 거 싫으냐?

파드마　　나는 여기가 좋아, 우리 같은 애들이 대부분이
　　　　고. 나 너무 맞다가 이 시골까지 온 거야.

양미　　어떤 새끼들이 그런 짓을 해?

파드마　　수가 많아지면 애들은 이유 없이 변하더라. 근데
　　　　우리 이런 얘기는 하지 말자.

율리야	그래, 하지 말자.
양미	그래, 그런 슬픈 얘기는 이제 하지 말자.

웃고 까부는 아이들의 수다 소리.

율리야	어? 저기 뭐야? 사람 있어.
파드마	죽은 거 아냐? 119 불러. 동네 사람들 사람 살려요!
양미	(나뭇잎을 헤치는 소리) 언니, 어이, 알바 언니, 서울 알바 언니.
손열매	(막 잠에서 깬 목소리) 어?
양미	어제 달렸어요? 그렇다고 이런 데서 자면 어떡해?
손열매	(아직 잠에서 덜 깨어나 정신없는 채로) 아이고매, 내 대퇴부 요추 골반이야…… 온몸이 다 쑤시네. (발끝에 철제 물건이 걸리는 소리) 이거 뭐지?
율리야	온장고인데요. 음료수 넣는 거.
손열매	아, 너가 푸틴, 아니 율리야구나. 너가 파드마고.
파드마	우리 이름 어떻게 알아요?

　　손열매는 아침마다 완주 마을 전체에 니들 이름이 울려 퍼지는데 어떻게 모르니 하려다가 말았다. 일단 자기가 왜 '화상 주의' 스티커가 큼지막하게 붙어 있는 온장

고와 함께 노숙하고 있는지부터 기억해 내야 했으니까. 혹시 훔쳐 온 건 아니겠지, 아니다, 그런 긴장감 어린 순간은 기억에 없으니까. 그럼 샀나? 샀다고 하기에는 너무 낡은데. 그때 점퍼가 몸에서 툭 떨어졌다. 귓가에 종소리가 울리더니 어젯밤의 기억이 떠올랐고 심장이 불규칙하게 뛰었다.

양미　　　우린 가자.

손열매　　그래, 학교 잘 다녀와. (생각난 듯이) 참, 너 끝나고 매점 와서 밥 먹어라.

양미　　　왜요?

손열매　　혼자 먹지 말고 같이 먹자고. 왜 싫어?

양미　　　나 고기 반찬 없으면 밥 안 먹는데?

손열매　　수업이나 끝까지 들으셔.

아이들 점점 멀어지며 대화 나누는 소리.

파드마　　과학 시험 범위가 어디까지더라…….

양미　　　이제 시험이야? 몰랐네.

율리야　　그러니까 만날 꼴등 하지.

양미　　　나 꼴등 아니다 십일 등이다.

율리야	열한 명 중에 십일 등이면 꼴등이지.
양미	십일 등도 엄연한 등수야, 푸틴.
율리야	야, 너 안 되겠어. 내가 오늘 학생 주임한테 이른다.
양미	안 돼, (애교 있게) 이미 벌점 차고 넘쳐.
파드마	봉사 활동 하면 깎아 주잖아. 그런 것 좀 해.
양미	아, 진짜 귀찮게.

장이 바뀌는 음악.

서울을 다녀오고 열매에게는 두 가지 강렬한 욕구가 찾아왔다. 물욕과 성욕이었다. 그 둘은 같은 듯 달랐다. 마냥 세월을 흘려보낼 수는 없고 뭐라도 해서 돈을 벌어야 한다는 금전적 욕구는 열매 내면의 자기 주도성을 지녔지만 후자는 일종의 불수의근처럼 제어가 안 됐다. 어저귀와 마주치기만 해도 혈당 스파이크가 오듯 마음과 신체에 충격이 일었다. 수정, 수분, 짝짓기 다 끝나고 성가신 번식욕에서 벗어나 동식물 모두 자기 생장을 위해 먹고 빛을 흡수하는 때에 이게 대체 무슨 일일까.

완평역에서 만났던 밤, 어저귀가 무슨 최면이라도 건 게 아닐까 싶었지만 이메일 비밀번호와 주 통장 계좌 번호, 전 남자 친구의 쓸데없는 주민 번호와 집 주소까지 외우고 있으니 평소와 다를 바 없는 상태였다. 열매는 대수롭지 않게 여기려 했다. 약 부작용이 성욕 부진이라고 하니까 얼마 안 가 잠잠해지겠지. 하지만 농번기에 접어든 주민들의 기상 시간이 빨라지듯, 자기 집 마당을 경중경중 뛰며 슬릭백 연습을 하는 양미의 동작에 점점 더 힘이 들어가듯 열매의 감정은 밤 유리창에 붙은 산나방처럼 퍼덕거렸다. 어저귀가 이장을 도와 수로를 손보고 있거나 텔레비전이 나오지 않는 누군가의 집을 고치기 위해 지붕에 올라가 있을 때 심장이 예사롭지 않게 뛰었다. 고민하던 열매는 자기 마음의 평정을 위해 우선 어저귀의 정체를 밝혀야겠다고 생각했다. 감정은 관계의 산물이라고 의사도 말했으니까.

검색어를 타이핑하는 소리.

열매는 노트북 앞에 앉았고 포털 사이트에 접속해 '외계인'을 검색했다. 눈이 얼굴의 반을 차지하고 턱이 갸름한 로스웰 외계인류가 죽 떴다. 열매는 스크롤바를 천천히 내리며 세심하게 살폈지만 그런 사마귀형과 어저귀는 전혀 닮지 않았다. 영화 「터미네이터」처럼 겉모습은 인간이고 실체는 기계인 외계 생명체도 있었지만 이 경우

인간적 정서가 느껴지지 않아야 하는데 어저귀는 인간의 성찰적 자아가 만들어 낸 멜랑콜리, 즉 우울까지 지니고 있었다. 그러니 바깥 세계의 존재라고 할 수 있나. 열매는 자신만의 논리적인 경로로 어저귀가 외계인일 리 없다는 결론을 내렸다. 한결 편안한 마음으로 노트북을 덮고 형광등 스위치를 향해 손을 뻗는데 액자가 눈에 띄었다. 열매는 자리에서 일어났다. 일렬로 선 고만고만한 아이들을 지나 나무 펜스 옆에 서 있는 어른을 살펴보니 어저귀였다. 열매는 놀라 눈을 바짝 가져다 댔지만 발목이 껑충 드러난 체육복을 입은 그는 지금과 다를 바 없는 어저귀였다.

수미 엄마	(문밖에서 부르는 소리) 저기, 자?
손열매	아니요! (문을 열며) 이제 오세요? 저녁 드셨어요? 이장님이 쑥떡 해 오신 거 있는데…….
수미 엄마	장례식장에서 한술 떴어. 저기 내일부터 이장이랑 어저귀가 공사하러 올 건데…… 내가 병원 정기 검진이 있어서 가 봐야 하거든.
손열매	그럼 다녀오셔야죠. 공사는 무슨 공사인데요?
수미 엄마	관에서 보조금 나온다고 해도 귀찮다고 손사래 쳤는데 단열도 보강하고 창고 한편에 수도도 내

고 매점 간판도 좀 똑똑히 달고. 어둑어둑한 가게에 열매 같은 젊은 사람이 앉아 있는 것도 보기 좀 영 그렇고.

손열매 (놀라며) 저 때문에 바꾸시는 거예요?

수미 엄마 아니 아니, 겸사겸사. 저번에 구해 온 온장고 자리를 만들어 볼까 했더니 (웃으며) 일이 커졌어.

손열매 네…… (망설인다) 저, 어머니.

수미 엄마 왜? 무슨 일 있어?

손열매 무슨 일은요. 하하하하하, 저, 그 어저귀 씨 좀 이상하지 않으세요?

수미 엄마 어저귀가?

손열매 여기 사진 보니까 얼굴이요, 초딩 때 얼굴이 지금이랑 똑같던데? 그리고 키가 그대로인 게 이상하지 않아요? 어머니, 초등 남학생 평균 키는 기껏해야 백사십 센티미터 안팎일 텐데 어저귀 씨는 그보다 사십 센티미터는 커 보이잖아요. 그점에 대해 생각해 보신 적은 없으세요? 다른 마을 어른들은요?

수미 엄마가 들어오는 소리.

수미 엄마   나는 만날 봐서 그런가 모르겠네. 수미도 그때랑
              지금이랑 얼굴이 뭐 그렇게 다르지 않아서.

수미 엄마는 어루만지듯 사진에 손을 가져다 댔다.
함께 수미 얼굴을 보고 있던 열매는 얼마 전 동창들이 야
유하듯 전한 말을 근황 소식으로 바꾸어 들려주었다. 여
의도에서 본 사람이 있는 걸 보면 어디 직장을 구했는지
도 모르겠다고. 순간 얼굴에 안도의 빛이 흘러갔지만 수
미 엄마는 표정을 감췄다. 기쁨이나 즐거움, 안도와 낙관
같은 것 대신 신산함, 피로감, 불안, 불편, 침묵이 더 안전
하게 느껴지는 사람처럼 재빨리.

수미 엄마   어저귀가 키가 어려서부터 커 갖구 모르겠네. 아
              주 장대였어. 얼굴이 이런 것도 애가 고생을 해
              서 삭아서 그래. 고아나 진배없이 자랐거든.
손열매   나무들을 가족처럼 대하던데요? 대화도 하고.
수미 엄마   (웃으며) 나는 허구한 날 시신들하고 얘기하는데
              뭘. 동생, 손이 왜 이렇게 거칠어, 핸드 크림 얼
              마 하지도 않는데 뭐가 바빠서 그것도 못 발랐
              어, 이러면서.

▶

손열매가 제기하는 어느 이상한 점도 원래 그렇다는 수미 엄마의 입장을 바꿀 수는 없었다. 수미 엄마는 피곤할 테니 자라며 마루로 나가 등을 껐다. 나방들은 나붙을 곳을 갑자기 잃고 공중으로 더 높이 올랐다. 하지만 손열매는 이 결정적인 물증을 포기할 수 없었다. 잠이 올 리도 없고 방 안을 왔다 갔다 하다가 책상 아래에서 오래된 나이키 운동화 박스를 발견했다. 열매의 경험으로 방 안의 나이키 운동화 박스에는 일반적으로 나이키 운동화가 들어 있지 않았다. 함부로 뒤져도 괜찮을까, 열매는 이 초 정도 망설이다 박스를 열었다. 편지와 다이어리, 어린 시절의 이름표와 코팅된 단풍잎과 꽃잎 들, 그리고 지금은 다 사라진 카세트테이프 몇 개가 들어 있었다.

손열매　(대화하듯) 언니 어렸을 때 복고 취향이었구나. 책 갈피 이런 건 엄마 세대들이나 만들던 거 아닌가.

열매가 네잎클로버를 집어 들며 중얼거렸다. 그리고 카세트테이프를 살펴보다 지금도 소리가 날까 궁금해 오디오에 넣었다.

탁, 오디오 덱에 카세트테이프가 들어가고 재생되는 소리. FM음악도시 시그널인 블롱커의 「트래블링Travelling」이 흐른다.

신해철   오늘은 어린이날, 어린이들에게는 중요하지만 사실 우리 같은 백수들에게는 그저 뭔가 무료하게 느껴지는 날이었는데요. 저는 어린 시절 생각하면 늘 그렇게 색색의 풍선들이 떠오릅니다. 공중으로 떠오르는 풍선을 보면 제 영혼까지 모험을 떠나는 듯했죠. 하루 동안 폴짝폴짝거리면서 짜증 내고 놀고 했던 어린이들은 피곤해서 잠에 곯아떨어졌겠지만 우리는 또 이렇게 우리만의 도시에 모였습니다. 저는 FM음악도시의 신해철입니다. (시그널 음악 아웃) 오늘도 시민들의 생활 점검을 하며 전화질을 해 볼 텐데요, 날이 날이니만큼 첫 연결은 어린이이십니다. (웃으며) 지난달부터 천리안을 통해 본인 학교의 외계인 소식을 전해 주고 있는, 정확한 주거지는 신변 보호상 밝힐 수 없다, 확실하게 거절할 줄 아는 천리안 아이디 할미새 님인데요. 예, 그럼 한번 얘기를 들어 보겠습니다. 여보세요?

어린 수미   네.

신해철   안녕하세요.

어린 수미	네.
신해철	(어색한 침묵) 원래 인사가 가면 인사가 오게 되어 있는데 꽤 과묵한 어린이입니다. 긴장하셨나요 지금?
어린 수미	아뇨.
신해철	네, 단답형을 좋아하는 어린이, 멋있습니다. FM 음악도시 청취자 연령대가 대략 삼십 대 중반 정도일 거라고 저희는 생각하고 있거든요. 그래서 사연을 보냈을 때 의외였어요. 이렇게 늦은 시간까지 안 자도 부모님이 뭐라고 안 하십니까?
어린 수미	밤에 일하러 나가니까 제가 뭘 하는지 모르죠.
신해철	그럼 혼자 있어요? 집에, 지금?
어린 수미	네.
신해철	아, 문단속 잘 하고 있지요? 오늘 어린이날인데 할미새 님은 뭐 했어요?
어린 수미	별로.
신해철	별로…… 별로를 했다. (웃으며) 별거 안 하는 것도 하는 거죠. 지난달부터 같은 반 외계인 친구 얘기를 들려주어서 우리 음도 시민들 사이에서 난리가 났어요. 왜 사연을 보내려고 생각했을까요?
어린 수미	마왕이라서. 외계인 대장 같아서.

신해철 (웃는 소리) 아…… 내가 마왕이라서. 아니, 외계인이랑 마왕이랑은 이 지구상의 아웃사이더인 거는 같지만 분야가 많이 다른데? 아무튼 근데 우리 작가들도 그렇고 이 외계인 제보가 대중 매체들이나 소설, 영화랑은 다른데 달라서 믿게 됩니다. 이런 걸 고급진 말로 핍진성 있다고 하죠. 청취자분들도 현실판 외계인은 이럴 것 같다고 동의했는데 제보하고 친구들이 알게 되거나 그러지는 않았어요?

어린 수미 전혀요.

신해철 그렇구나. 지난 사연을 못 들은 분들을 위해 다시 한번 말씀드리자면 이 외계인으로 추정되는 반 친구가 가진 능력이 아주 예사롭지 않습니다. (약간 웃으며) 수위 아저씨보다 더 많은 장작을 패서 (하하하) 학교 창고에 쌓아 놓는다, 소풍 때 보물찾기 쪽지를 혼자 다 찾는다, 운동회 때 박이 안 열려서 낑낑대고 있는데 오재미 하나를 냅다 던져 한 방에 박을 터뜨렸다. (웃는다) 나무랑 대화한다. 이건 좀 동심이 느껴지는데? 수업 시간에 항상 조는데 일등을 한다. 자면서 듣나? 어떻게 그러지? 저번 가을에 산불이 났는데 발화 지점으로 소방관들을 정확히 안내했다. 오, 요건 뭔가 초인적 존재일 가능성이 농후하네요. 국민학생이면 산불 나면 도망가기 바쁠 텐데, 그게 안전을 위해서도 낫고요. 아무튼 그런데 그 친구 정체를 알게 된 계기가 있다고요?

어린 수미   저희 집이 장의사를 하거든요.

신해철   아, 장의사? 그래서 밤에 없으시구나. 부모님이.

어린 수미   장례를 치르고 나면 기념사진을 찍어요. 할아버지 때부터 그랬어요.

신해철   누군가 죽는 건 슬픈 일이지만 기억에 남기려고 그렇게들 하죠.

어린 수미   근데 그 앨범에서 얼굴을 계속 발견했어요.

신해철   어, 고리고릿적 시절 사진에서도?

어린 수미   네, 그런데 저 물어보고 싶은 게 있어서 사연 보냈어요.

신해철   드디어 질문이 나옵니다.

어린 수미   저는 외계인인 건 괜찮거든요.

신해철   그런데요?

어린 수미   정정당당하지 않은 게 문제예요. 제가 아무리 공부해도 일등을 못 해요.

신해철   (웃으며) 응, 그렇지.

어린 수미 마왕이라면 어떻게 하면 좋을지 아실 것 같아서요.

신해철 하하하하하하 글쎄요, 저는 기본적으로는 일등이 아니라도 좋다고 생각을 합니다. 우리가 자꾸 세뇌를 받아서 내가 가진 것과 남이 가진 걸 비교하게 되는데, 그렇게 자꾸 비교하면서 살면 결국 종착역도 안식도 평화도 없는 끝없이 피곤한 여행이 될 뿐이거든요. 산다는 게. 그래도 외계인 친구가 자꾸 외계의 힘을 써서 불공평한 승리를 차지하고 있다면 한번 진지하게 말해 봐도 괜찮을 것 같아요. 밑져야 본전인데 요런 대화를 해 보시면 어떨까 싶습니다. 친구야 잘 지켜지지는 않지만 인간들에게는 인간의 룰이 있단다. 경쟁은 공정하게.

어린 수미 음…… 괜찮을 것 같아요.

신해철 괜찮을 것 같다니 다행입니다. 주제넘게 충고를 한 꼰대 아저씨 말이 작은 도움이 되기를요. 예, 그럼 마지막으로 신청곡은 뭔가요?

어린 수미 네, 마왕 노래 중에서,

신해철 아, 꼭 그럴 필요 없는데 그래도 궁금합니다. 뭘까요?

어린 수미 「안녕」.

신해철　　　오늘 전화 통화에 응해 준 할미새 님께는 미치코 런던의 의류 상품권 보내 드리겠습니다.

느린 템포의 음악이 흐른다. 고독과 상실, 순수의 근원에 대한 염원, 무력감과 나약함 속에서도 포기하고 싶지 않은 호혜적 사랑, 그 시절 신해철의 음악에는 그런 여린 신념들이 들어 있었다.

　마왕의 조언을 들은 고수미는 바로 실행한 것으로 보인다. 1997년 7월의 일기에는 '결판'이라는 단어로 그때의 상황이 설명되어 있었다. 어린 수미는 운동화 끈을 단단히 동여매고 어저귀네 집을 찾아갔다. 원래 교회로 쓰였던 그곳을 마을 사람들은 '공소'라고 불렀다. 고수미는 비가 오지 않는 날을 고르고 골랐다고 썼다. 비가 지겹게도 자주 와서 날을 잡는 데 힘들었다고. 숲을 들어서자마자 여름을 누리고 있는 나무들의 숨결이 느껴졌고 다이제스티브 과자를 먹는 듯한 달콤한 곡물 향이 어딘가에서 흘러왔다. 고수미는 어저귀라는 별명 대신 출석부에 기재된 정식 이름을 불렀다. 공식 방문처럼 보이고 싶었으니까.

어린 수미　　강동경!

현관문이 열리고 어저귀가 고개를 빼꼼 내밀었다. 자다가 나온 머리에 뿔이 나 있어 그 순간 더욱 외계적으로 보였다.

어린 수미   책가방 들고 나와.

어저귀   책가방은 왜?

어린 수미는 왜 그런지 설명하지 않았고 그런 수미의 기세에 기가 눌린 어저귀는 하는 수 없이 가방을 들고 나왔다. 수미는 가방을 열어, 마치 규정에 어긋난 무언가를 찾으려는 학생 주임처럼 굳은 얼굴로, 교과서를 꺼내 페이지를 후룩 훑고는 풀밭으로 하나씩 던졌다. 국어, (책이 지면에 닿는 소리) 수학, 자연, 도덕, 한 학기가 끝났지만 교과서의 어느 한 군데에도 필기는 없었다.

어린 수미   너 전과 있어?

어저귀   내가 범죄자냐? 전과가 왜 있어?

어린 수미   흥, 보통의 어린이라면 전과라고 하면 참고서를 떠올리지. 필기도 안 하고 전과도 없이 공부는 어떻게 해?

그 순간 어저귀가 눈에 띄게 당황하는 것이 느껴졌다고 했다. 그러고는 자기가 신문을 열심히 읽어서 어휘력이 다른 어린이들과는 다르다는 둥 변명했다. 결국은 자기 잘났다는 소리였다고 고수미는 요약했다. 외계인인 거 알고 있다며 사진 얘기를 꺼내자 어저귀는 적어도 어린 수미가 보기에는 풀이 죽었다. 혹시 잡아떼면 증거로 쓰기 위해 가져간 흑백 사진을 내밀자 자포자기한 듯했다. 그건 어느 박물관에도 기증된 역사적 기록물로 구한말 의병을 일으키기도 했던 한 유학자의 상여가 나가는 사진이었다. 장지에 모인 마을 사람들 중에 어저귀의 얼굴이 있었다.

한참 뒤 어저귀는 돈 되는 걸 원하냐고 물었다. 수미는 갑작스러운 말에 당황했다. 거기 담긴 환멸의 뉘앙스 때문에도.

어린 수미   돈 되는 거라니? 너한테 뭘 달라는 사람들이 있었어?

어저귀   대체로 산삼 타령이고 특이하게 누룩을 빚어 달라고 하기도 하고.

어린 수미   아니, 뭘 대가로?

어저귀   그것까지 들을 권리는 없잖아.

둘은 한동안 마주 본 채 아무 말도 하지 않았다. 수풀에서 토끼인지 다람쥐인지 아주 작은 동물이 숨죽여 움직였다.

어린 수미　나는 그런 거 필요 없어. 너가 외계인이든 데몬 마왕이든 그것도 궁금하지 않고.

그리고 고수미는 여러 번 연습한 대로 "나는 정의를 원해"라고 말했다. 니가 뭐든 인간 이상의 힘은 자기 앞에서 쓰지 말라고. 열매는 그 부분에서 땅이 꺼질 듯 한숨을 쉬었다. 산삼을 달라고 했어야지, 그리고 그 돈으로 강남에 땅을 샀으면 지금 재벌이 됐을 텐데. 일생일대의 기회를 그토록 허무한 정의 타령이나 해 날려 버린 걸 보면 인생의 고난을 자초한 셈이었다.

열매는 일기장을 다시 나이키 박스에 넣었다. 산삼 아니면 자연산 송이 위치라도 알려 달라고 했어야 자기가 이 시골에 처박히지 않았을 것 아닌가. 하기는 그랬다면 수미를 만날 일도 없었겠지. 그러면 열매 인생이 더 불행했을지, 덜 불행했을지 적어도 지금 이 순간에는 애매했다. 자기 것도 아닌 산삼이 아까워 잠을 못 이루던 열매는 닭이 울 때쯤 이불을 걷고 발딱 일어났다. 너무 당연하고도 엄청난 사실을 깨달았기 때문이었다. 자기도 어저귀에게 그것을 요구할 수 있었다. 열매에게도 증거가 있으니까.

창세기 비디오로 이동하는 빠르고 복잡한 음계의 음악. 내면 갈등으로 흘러가는 상황을 전달한다. 창세기 비디오 안으로 들어가는 일종의 시그널 음.

할아버지 열매 니는 시방 뭐 하느라 한밤중에 따발총 소리를 내구 앉아 있는 겨? 람보가 온 줄 알았네.

손열매 (키보드 두드리며) 할아부지 이 밤은 기냥 여럿 날 중에 수두룩 빽빽인 그런 밤이 아니여. 보령 손씨 19대손인 손열매가 가문을 일으키게 되는 밤이여.

할아버지 달밤에 노루가 하두 시끄럽게 무덤 위에 뜀발직 허길래 일어나 봤더니 그게 무신 소리여? 야, 열매야, 하기는 니는 조시부터 달랐으니께, 언니 오빠 덜 어깨 너머로 한글을 스스로 배웠잖어. 그래서 곧 뒤질라고 맥아리 없이 누워 있는 할아부지 귀에 오불조불 비디오 야그를 해 준 너 아녀. 내가 니 덕분에 그 정도라도 살았지 아니면 금방 뒤졌을 겨.

손열매　(부끄러워하며) 할부지, 내가 영화 자막 읽어 준 게

　　　　　그렇게 재미졌는가?

할아버지　당연허지. 이빨이 당나귀 모냥 대문짝 같고 얼굴

　　　　　시퍼런 그 파랭이 덕에 할애비가 귀가 트였어.

　　　　　가면 한 짝 주워다가 그 짐생도 사람도 아닌 것

　　　　　이 천하의 잘난 놈이 되잖어. 아주, 재미져.

손열매　그래서 시방 나도 계산 중이여. 산삼이 몇 뿌리

　　　　　나 필요헌지. (키보드 소리) 이야, 백삼십 년 천종

　　　　　산삼 삼억 오천? 한 방이면 인생 역전이네.

할아버지　산삼? 너 지금 니 아넌 언니도 마다한 짓을 하겠

　　　　　다고 나서는 겨?

손열매　귀신은 귀신이네, 모르는 게 없구먼.

할아버지　얼라리요. (단호하게) 안 되야! 그 모냥으로 남을

　　　　　쥐 새끼마냥 궁지에 몰아넣는 건 사람의 짓이 아

　　　　　니여.

손열매　그러믄 그깟 사람 나 안 할라네, 원래 체질에도

　　　　　안 맞았은께.

할아버지　그렇게 야짓잖게 굴지 말어. 모처럼 맴에 훈풍이

　　　　　불던디 우째 그걸 모른 척하는 겨?

손열매　아이고매, 곧 여름인데 훈풍이 무신 소용이유.

지금 필요한 건 차갑디차가운 에어컨 바람이지. 이성이라 이 말이여.

할아버지   여름을 왜 식히넌 겨, 여름이 여름다워야 곡식도 익고 가을, 겨울이 넉넉해지지. 순리를 거스르믄 좋을 거 읎어. 털도 내리쓸어야 빛이 나는 겨.

손열매   할부지는 시상 편한 말 마유. 어릴 때 생각허믄 우리 가족덜 꼭 마네킨모냥 웃음도 표정도 읎어. 식구덜 웃기고 싶어서 일부러 까불고 애쓰는 어린 내 헷지랄만 생각나지. 다덜 깔꼬장한 얼굴로 있다 싸워만 대구 그게 다 뭣 때문이었겠어? 돈 아니여?

할아버지   니는 해필 그렇게만 생각허냐. 매일매일 얼굴 다르고 표정 다르고 그렇지 암만히두 나쁜 날만 있었겄냐. 제가끔 생각이 있고 허고 싶은 것도 있는데 어렵다 보니 생가심 읂녀냐구 궂은 날도 있었겄지. 에이 참, 그렇기 싸잡아 퉁칠라믄 못쓴다닝께.

손열매   만날 돈 갖구 싸우는 부모가 남부끄러워서 아침밥도 못 먹구 핵교로 도망간 게 하세월이여. 나 여기서 산삼이라도 얻어 쥐고 가야긋네. 할아부지는 말리지 말어.

할아버지   니가 이 여름에 여기서 얻을 게 좀상맞은 돈이라
면 할부지는 암채두 응원 못 해 주겄다.

손열매   은제 우리 가족덜이 내한테 도움된 적 있었어?
못 해 주겄으면 할아부지도 인자 꿈에 나타나지
말어. 내 맴 약하게 만들 거면 나타나지 말란 말
이여!

할아버지   열매야,

할아버지는 앉아 있던 의자에서 비틀거리며 일어났
다. 열매는 꿈속에서도 눈물이 차올라 그 모습을 보고 있
을 수가 없었다. 눈을 내리깔고 시선을 피하면서도 할아
버지는 다리 힘이 없어 지팡이가 있어야 걸을 텐데, 하고
걱정했다. 할아버지는 열매 곁을 떠나기 전의 늙디늙은
모습으로, 입원실에서 마지막에 보여 주었던 노력이 역
력한 미소를 띤 표정으로 서 있다가 창세기 비디오의 출
구로 빠져나갔다. 유리창에 붙어 있는 다 바랜 영화 포스
터들, (종잇장이 바람에 날리는 소리) 웃고 사랑하고 키스하고
헐벗고 총을 들고 날고 살인하고 비를 피하고 쫓기고 함
정에 빠뜨리고 진실을 밝히고 연대하고 충돌하고 전쟁하
는 인간들의 얼굴이 인쇄된 세상의 무수한 이야기들을
지나 할아버지는 사라졌다. 할아버지의 뒷모습이 촛불처

▶   124

럼 꺼져 버리기 직전에 열매는 실제인지 환상인지 모를 마지막 당부를 들었다.

할아버지   열매야, 근강해라.

음악.

다음 날 이장과 어저귀는 나무 자재와 공구를 트럭에 싣고 왔다. 기술자 말고도 일을 도울 사람들이 우르르 도착했는데 새마을회 회원들이라고 했다. 열매는 이제 매점의 인기 메뉴가 된 뜨거운 믹스커피에 얼음 한 알을 넣어 건넸다. 그리고 사람들이 실내를 측량하고 목재를 자르는 동안 어저귀를 관찰하며 적절한 타이밍을 노렸다. 어저귀는 검정 반팔 티셔츠를 입고 먼지투성이의 운동화를 신고 왼손잡이였는데 망치를 내려치기 전에 입술을 깨무는 버릇이 있었으며 입술산이 선명하고 또렷했다.

손열매   (혼잣말) 지금 무슨 생각 하는 겨, 말할 타이밍을 노리는 거랑 입술이랑 무슨 상관이냐구.

어저귀는 다른 사람들보다 동작이 민첩하고 빨랐으

며 삼각근, 이두근, 전완근 같은 팔 근육들이 단단하고, 보기 좋게 그을려 있었다. 「벤허」「혹성 탈출」의 명배우 찰턴 헤스턴이 생각나는 몸이었다. 열매의 시선은 굴곡 진 팔을 따라가다가 건장한 어깨까지 이어졌고 윤곽이 분명한 턱과 콧대를 지나 까맣고 굵은 눈썹으로 가닿았 다. 심장이 다시 쿵쾅거렸다.

어저귀   왜요?

손열매   ……뭘요?

어저귀   왜 그렇게 쳐다봐요? 아, 이 가벽 위치가 맘에 안
           들어요? 콘센트 때문에 여기가 중앙이 될 수밖
           에 없는데?

손열매   예예, 그러세요. 괜찮아요. (뜸을 들이며 조그맣
           게) 저기 그날 밤, 저희 어떻게 마을로 돌아왔죠?

어저귀   (신경 쓰지 않고 큰 소리로) 택시 타고 왔죠.

손열매   택시?

어저귀   그럼 그 시간에 버스가 있어요, 뭐가 있어요. 온
           장고까지 있는데. 한잔 더 하자고 조르는 걸 간
           신히 데리고 왔거든요.

손열매   저기 제가 알거든요.

어저귀   (못 박는 소리) 알아요? 뭘요?

손열매　　그게…….

이장 다가오며 지친 목소리로.

이장　　어저귀야, 저기 창고 바닥이 이만치 두꺼워서 큰
　　　　　일이다. 이렇게 까대기를 해 댔으면 수도 배관이
　　　　　나와도 벌써 나왔어야 하는데 아직이야.

어저귀　　제가 가 볼게요. 아, 무슨 말 하다 말았죠? 뭘 안
　　　　　다고요?

손열매　　네? (시치미 떼며) 아니요.

이장　　둘이 비밀 얘기 하고 있는데 내가 분위기를 깬
　　　　　거여? 미안시러워서 어쩔까.

손열매　　아니에요. 가 보세요, 가서 까고 오세요.

어저귀　　그럼 전 (어리둥절하게) 가요.

손열매　　네, 잘 까세요.

이장　　오월인데 무슨 날씨가 이렇게 더워? 여름이 시
　　　　　작부터 이러면 무서워서 어쩔까.

손열매　　드링크 좀 드시고 하세요. (고맙다고 하는 이장 목소
　　　　　리) 저 이장님, 어저귀 씨 말인데요. 직업이 뭐예요?

이장　　시골에 사니까 농축업 종사자이지 뭐. 근데 우리
　　　　　같은 이런 농사는 아니고 버섯도 하고 더덕도 하

고 꿀도 하고 그러지 산에서.

손열매　산삼은요?

이장　산삼? 하이고, 그게 그렇게 쉽게 볼 수 있는 게 아니여.

손열매　어려서부터 혼자 살았다던데 어떻게 그럴 수 있었어요?

이장　에헤이, 그건 내가 누구한테도 얘기해 준 적이 없는데, 내 입이 아주 자물통이니까. 어저귀가 지금껏 공소에서 살 수 있는 건 내가 입을 다물고 있어서지.

손열매　그렇죠? 뭔가 있죠? (반기며) 그러니까 이장님도 아시는 거죠?

이장　내가 모르면 누가 알아? 그 건물이 일제 강점기에 지어지긴 했어도 등기를 낸 건물이 아니거든. 정식 지번을 받지 않은 무허가 미등기 건물이라는 거야. 내가 암 말 안 하고 있어서 문제가 안 되는 거지.

　　손열매에게 실망이 밀물처럼 밀려들었다. 열매가 원하는 건 그런 행정상의 상황이 아닌데 이장은 이후 마을 집들의 등기 상황과 건축물대장 등록 여부에 대해 지루

하게 설명했다. 아무리 오래 산 주민의 집이라도 등기가 안 되어 있는 경우는 시골에서 흔하고 대개는 그런 주민들이야말로 앞으로도 완주 마을에서 죽을 때까지 살고 싶어 하는 사람들이라 주민 투표 때도 문제가 될 것 같다고. 재개발을 추진하려는 사람들이 투표권을 주니 마니 하면 동네에 또 한 번 찬바람이 불게 되는 거라고.

| 손열매 | (건성으로) 네…… 큰일이네. 그런데 어저귀 씨는 처음부터 가족이 없었어요? |

손열매　(건성으로) 네…… 큰일이네. 그런데 어저귀 씨는 처음부터 가족이 없었어요?

이장　가족? 완주 마을 사람들이 가족이지. 지금 어저귀가 사는 데가 나 어렸을 때는 성당이기도 하고 우리한테는 병원이기도 했거든. 외국인 신부랑 수녀들이 봐주고 그랬어. 피부염에 바를 연고 하나도 귀하던 시절이니까. 그때 거기 소사로 일하던 감불 아재가 있었는데 나중에 성당 건물이 정식으로 지어지고도 안 따라가고 거기 남더라고. 어저귀는 그 아재가 데려왔고 나중에는 어디로 떠났지. 근데 어저귀한테 관심이 왜 그렇게 많아? 꼭 중매쟁이처럼 구네.

손열매　네? 아, 아니요.

이장　왜 소개를 좀 해 봐봐, 인물 좋아 인성 좋아 허우

대 멀쩡해 상남자야, 그런 사람이 혼자 살면 되겠어 안 되겠어. 아니, 참, 그러고 보니까 열매 양은 남친 있어?

손열매   네? (말을 더듬으며) 저는 있죠, 있어요.

인부   (멀리서 다가오며) 박 이장, 요즘 그런 프라이버시에 관한 질문은 젊은 사람들이 싫어해.

이장   아 그래? 내가 실례를 했네. 아무튼 열매 양은 남친이 있어 곧 결혼을 할 테니 안 되겠고.

어저귀   (멀리서 다가오며) 하수관 찾았어요, 이장님.

손열매   아니요! (다급하게) 결혼은요. 그럴 여유는 없고요, 앞날도 모르고 사랑은 변하는 거고…….

이장   이, 그러면 안 되지. 일단 마음을 주면 돌멩이처럼 안 움직여야지.

손열매   그렇긴 한데 제 말은요, 남친이 저한테 있다기보다는 없는 거나 마찬가지이기도 한데 그래서 제가 뭐 다른 연애를 꼭 염두에 두는 것도 아니고…… (목소리가 잦아든다)

이장   무슨 말을 글케 애매하게 해. 아무튼 (속삭이며) 내가 말한 건 자물통에 넣어 놔. 비밀, 비밀.

손열매   (마지못해) 네…… 비밀…….

사흘 동안 기회를 노렸지만 열매는 산삼의 '시옷'도 꺼내지 못했다. 어쩌다 둘만 남은 상황에서는 어떤 톤으로 얘기를 꺼내야 할지 몰라 망설여졌다. 그러니까 지금 내가 하고 싶은 말은 협박인가 취조인가 읍소인가 거래인가 홍정인가 호소인가…… 고백인가. 의사가 급할 때 먹으라고 준 비상 약 0.25밀리그램까지 추가로 복용했지만 열매는 과흥분 상태를 몸과 마음으로 모두 앓았고 결국에는 몸져누웠다. 양미는 그날 만취 상태로 밖에서 잤기 때문이라고 했고 수미 엄마는 공사하는 걸 돕다가 그렇게 되었다고 생각했다. 이장은 남자 친구가 보고 싶어서 몸져누웠나? 하고 들여다봤고 양계장 노인은 닭을 고아 보냈는데 양미가 가장 먹고 싶어 하던 장닭이라고 생색을 냈다. 하지만 양미는 먹고 싶어서가 아니라 늘 정답게 꼬꼬거리며 다가왔기 때문에 인사를 했을 뿐이라고 열매에게 소곤거렸다.

열매는 수미 방에 누워서 왜 아플까 한탄하다가 질문을 바꿔 어떻게 안 아플까, 하고 물었다. 소나기처럼 이렇게 많은 변화들이 쏟아지는데, 어저귀의 고루한 표현대로라면 이 버전의 여름이 처음으로 유효하게 되었는데 앓지 않고 배길까. 그러자 자리를 털고 일어날 힘이 생겼고 어느 아침 이불을 걷고 핼쑥해진 얼굴을 거울에

비춰 보았다.

양미   언니, 알바 언니!

창문을 여는 소리.

손열매   너 내가 하나만 부르랬지.

양미   시비 터는 걸 보니까 다 나았네. 언니 오늘 공소 안 갈래? 어 오빠한테 갈 건데.

손열매   거긴 왜 가는데?

양미   투비 보러 가. 분봉한대서.

손열매   투비는 꿀벌에서 온 이름이냐? 영어로 꿀벌이 비bee잖아.

양미   아니, 『햄릿』 대사에서 왔는데? '투 비 오어 낫 투 비To be or not to be' 사느냐 죽느냐, 그것이 문제로다. 어 오빠가 지어 줬어. 오빠 아는 거 짱 많아.

손열매   흥, 당연하지 외계인, 아니 아니…… (화들짝 놀라) 근데 그거 원래 뜻은 이렇다. (햄릿의 고뇌하는 투로) 존재한 상태일 것인가, 부존재하는 상태일 것인가.

양미   뭐래? 술독 빼는 데 꿀이 최고니까 가서 먹고 오

자. 투비도 보고. 여왕벌이야.

손열매　　근데 니가 술병에 대해 어떻게 알아? 참 수상하
　　　　　고 이상한데 궁금하진 않네.

　양미는 대답하지 않고 대문 밖에서 만나자고 했다.
열매가 나가자 양미는 모기장을 안기며 나중에 공소에
도착하면 뒤집어쓰라고 했다. 정식 방충복은 없냐고 묻
자 양미는 코웃음을 치며 그나마 이거라도 있는 걸 다행
으로 알라고 대거리했다. 양미와 열매는 함께 완주산 입
구로 걸었다. 운동장에는 아무도 없이 새하얀 햇빛만 들
어차 있었다. 그물 담장에 매달려 학교를 바라보던 양미
는 저기 이층이 자기 교실이라고 알려 주었다. 산길로 들
어서는데 벤츠가 뒤따라왔고 웅덩이 물을 튀기며 지나
갔다.

양미　　아 뭔데?

　양미가 소리치자 벤츠가 서더니 전에도 한 번 본 형
광 스니커즈가 차문 밖으로 쑥 나왔다. 그리고 고운 백발
이 등장했다.

구 회장   너, 꼬맹이, 용운 엄마 말 왜 안 듣냐? 서울 안 갔어?

양미는 구 회장을 힐끔 보더니 돌멩이만 톡톡 찼다. 열매는 어떻게 돌아가는 판인가 보다가 구 회장이 개발 회사와 마을을 중개하는 '업자'임을 눈치챘다. 마을에 연줄을 댈 수 있고 마을을 없앰으로써 자기에게도 금전적 이득이 떨어지는 사람. 완주 나무로 가는 길가에는 목조와 슬레이트로 지은 구씨 집안의 폐양조장이 아직 남아 있었다. '구산(丸山)곡자공업'이라 쓰인 간판은 다 녹슬고, 내려앉은 슬레이트 차양 위로는 청설모가 오갔다.

구 회장   요즘 걸 그룹 얼마나 돈 많이 버냐, 부모님들 집 한 채씩 떡떡 사 주고. 딸이 집안 밑천이 되어 주면…….

양미   (손으로 입을 두드리며 듣기 싫다는 듯 소리를 낸다) 아아아아아아 안 들린다 안 들려 아아아아아.

구 회장   (못마땅하다는 듯) 으음.

그때 차 안에서 젊은 남자가 내리며 회장을 부른다. 산행과 전혀 어울리지 않는 정장을 입은 그는 열매와 커피값을 두고 실랑이했던 사람이다.

남자	저쪽은 도착했대요, 아빠!
구 회장	애간장이 타긴 타나 보구나, 먼저 나타나고. 알았다. 아무튼 꼬맹이 용운이 엄마랑 대화해 보고 미래를 잘 한번 계획해 봐.
손열매	저기요, 만난 김에 저번 거스름돈 받아 가요. 구천 원.
남자	구천 원 넣을 데 없으니까 갖고 계세요.
손열매	넣을 데가 왜 없어요? 옷에 주머니만 하나 둘 셋 넷 다섯 개구만.
남자	그런 거 넣으면 옷발이 안 받아서. 아, 그리고 고수미한테 제 명함 좀 전해 줘요. 한번 만나고 싶네?

명함에는 '완평완주지구 개발컨소시엄 경영관리총괄부장 구민준'이라는 긴 소개가 적혀 있었다. 차가 출발하고 산그늘의 찬 기운이 열매와 양미에게 내렸다. 열매는 가방에 명함을 구겨 넣으며 양미 눈치를 잠깐 봤다. 양미 표정은 덤덤했다.

손열매	서울 안 가기로 했나 봐?
양미	아니, 가긴 갈라고.
손열매	아, 가는구나.

양미　　　근데 당장은 아니고 내 힘으로 가려고. 오디션
　　　　　　봐서. 그게 자연스러운 것 같아서.

열매는 순리를 거스르지 말라던 할아버지 목소리를
떠올렸다. 진짜 만난 것도 아닌데 이상하게 잊히지 않는,
안타까움이 가득한 목소리가. 그때 그렇게 가 버린 뒤 할
아버지는 정말 꿈에 나타나지 않았다. 얼마나 많은 이별
이 이 여름에 깃들어 있는 것일까. 코끝이 시큰해지면서
열매는 눈을 껌벅였고 앞서가는 양미를 쫓아가 등에 붙
은 도깨비풀을 떼 주었다. 공소 앞에서 어저귀를 만난 그
들은 벌통까지 함께 걸어갔다. 백 미터쯤 걷자 아까시나
무와 들꽃 같은 밀원 식물로 가득한 들판이 나타났다.

열매와 양미는 머리부터 발목까지 모기장을 뒤집어
썼다. 아까시나무 잎겨드랑이에 핀 흰 꽃과 쏟아지는 태
양 빛 그리고 여섯 개의 다리를 들고 공중으로 날아오르
는 꿀벌들의 움직임은 리드미컬하고 아름다웠다. 어저귀
는 그나마 모기장도 없이 벌통으로 다가가 뚜껑을 열었
다. 근처 벌떼들 소리가 더 빨라지고 높아졌다.

꿀벌 소리.

▶

양미	언니 봐 봐, 쟤들 춤 좀 보라고. 꿀이 있는 위치를 알려 주려고 일 초에 열다섯 번 꼬리를 흔드는 거래.

양미는 두 팔을 들고 엉덩이를 양옆으로 흔들며 꿀벌들을 흉내 냈다. 일 초에 한 번도 흔들기 힘든데 열다섯 번이라니 대단한 바운스였다.

양미	쟤 8번 인식표 단 벌이 투비잖아. 여왕, 잘 지냈어? 오빠 이게 다 몇 마리야?
어저귀	한 만 마리는 될 거야. 이번에 많이 데리고 나갈걸?
손열매	이걸 다 쟤가 낳았어?
양미	지난여름 결혼 비행 때 투비 아주 대단했지. 교미에 교미에 교미에…… 수벌 수십 마리가 교미 끝나니 떨어져 죽더라고.
어저귀	수십 마리까지는 아니고.
양미	뭐가 아니야, 그때 오빠도 역대급 교미라고 어후 투비 와 하 우 투비 꿀벌계의 여전사다, 그랬잖아.
어저귀	(양미 입을 막으며) 내가 언제 그런 이상한 감탄사를 썼다고 그래.
양미	아니, 눈을 못 떼던데 무슨 소리야?

손열매	아, 보기보다는 교미에 관심이 많으시구나.
어저귀	네? 제가요? 아니, 보기보다는 뭐예요? 보기에는 어떤데요?
손열매	왜요? 내 말이 신경 쓰이나 봐?
어저귀	아니, 그쪽 말에 뭘 신경 써요. 그쪽도 그런 느낌은 아닌데요, 뭘.
손열매	그런 느낌? 어떤 느낌적 느낌을 말하는 거예요? 지금?
어저귀	교미적 느낌적 느낌이요.
손열매	교미적 느낌적 느낌은 뭘 말하는 건데요?
양미	아, 섹스 말하는 거지 뭐긴 뭐야. 둘 다 뭘 그렇게 둘러말해?

그렇게 해서 손열매와 어저귀는 입을 닫게 되었고 그 사이 투비와 일벌들이 떼를 지어 비상하더니 옆 나무로 옮겨 갔다. 벌 무리는 마치 새와 같았다. 머리에서 시작해 척추를 지나 다리와 날개 모두가 꿀벌로 이루어진 한 마리 새. 웅웅 하는 고주파의 떨림이 계속되는 가운데 정찰벌들이 새집을 찾기 위해 나무를 떠났다.

양미	와!

양미는 신기해하며 눈을 떼지 못했지만 열매는 멀찍이 물러섰다. 어저귀가 다른 벌통을 가져와 꿀을 묻힌 먹이 칸을 넣고 투비가 새 왕국으로 입성하기를 기다렸다. 만약 다른 곳으로 날아가 버리면 영영 찾을 수 없게 된다고 했다. 열매는 벌통들 사이를 빠져나가 단풍나무 아래로 피했다.

어저귀의 등에 마치 나사들처럼 꿀벌이 일정한 간격으로 달라붙어 있었다. 열매는 무슨 차력 쇼도 아니고 위험하게 방충복도 안 입나 하다가 아, 아직 비공식적이기는 하지만 외계인이지 하고 시큰둥해졌다. 판판이 놀면서 매번 일등을 차지하는 어저귀를 지켜봐야 했을 어린 수미의 심정이 이해가 갔다. 비교를 하다 하다 외계인과 비교하며 상대적 박탈감에 시달려야 하다니, 이건 우주적으로 불공정한 일이 아닌가.

멀리서 들리는 대화.

양미   어? 투비 난다. 어디야? 어디 갔어?

어저귀   새 벌통으로 들어갔어야 되는데, 양미 너가 찾아봐.

최대한 벌통에서 벗어나 있는데도 꿀벌 한 마리가 열매의 모기장으로 날아왔다. 근처의 비꿀벌 인간들의 당도는 모두 확인해 봐야 하는 모양이었다. 열매는 할 수 없이 그 육족 곤충과 시선을 마주했다. 꿀벌은 마디가 진 앞발로 모기장을 움켜쥐었고 마치 포유동물처럼 털이 난 얼굴을 갸웃거리며 열매를 바라봤다. 모터를 장착한 듯 배가 웅웅 울렸고 커다란 겹눈에는 인공적 차가움 같은 것이 느껴졌다. 그리고 또 한 마리가 와서 붙었는데 그렇게 두 마리가 되니 첫 번째 꿀벌이 얼마나 큰지가 확인되었다. 특히 배 부분이 두 배는 길었는데 그렇다면 이것은 여왕벌이 아닌가. 손열매가 상황을 깨달았을 때는 벌떼가 자신들의 여왕을 따라 열매를 향해 날아오고 있었다.

양미   언니! 어떡해!

손열매가 마지막으로 본 것은 다 녹은 아이스크림처럼 몸 전체에 흘러내리는 벌떼와 그런 자신을 향해 있는 힘껏 달려오는 어저귀의 얼굴이었다.

벌떼의 공격을 받은 손열매의 놀라움과 혼돈을 나타내는 음악이 흐른다. 마치 계단을 마구 내달려 내려가는 듯한 음계. 하지만 그리 무겁지는 않은.

열매의 시선이 가닿은 벽에는 나무 십자가가 보였고 사위는 고요했다. 열매는 내세라는 것이 정말 있었다는 사실을 깨닫고는 그럼 그렇지 싶었다. 죽는다고 삶이 깔끔히 잘려 나갈 리가 없다고 평소에 여겼으니까. 다른 가족 모두 시들시들 교회를 나갔지만 할아버지는 건강이 허락하는 한 주일 미사에 참여했다. 어떻게 그 얘기라도 해서 천당 쪽으로 붙어 볼까. 그때 꿀벌들이 떠올랐고 열매는 손을 들어 얼굴을 만져 보았다. 말 그대로 벌집이 되어 버렸을 내 몸은 어쩌나, 하기는 뭐 그리 아까울 것도 없는 몸뚱이이지만.

얼굴은 그대로였다. 모기장 덕분에 얼굴은 성한 채로 죽은 건가? 아니면 복부를 쏘였나? 손으로 복부를 만져 보았지만 국소 비만한 상태 그대로였다. 그때 열매의 얼굴 위로 어저귀의 얼굴이 나타났다. 같이 죽은 건가? 원래 밑에서 올려다보면 어떤 미모도 구겨지기 마련인데 어저귀는 그렇지 않았다. 열매는 손을 뻗어 어저귀의 얼굴을 만져 보았다. 어저귀는 피하지 않았고 쥐고 있던 물수건으로 열매의 뺨을 정성스레 닦아 주었다. 그 감촉이 너무 생생한 게 의심이 들었다. 열매는 얼른 손을 거둬 주위를 둘러보았다. 창으로 완주 나무가 보이는 그곳은 내세가 아닌 현세, 어저귀의 집이었다. 깜짝 놀라 일어나려 하자 어저귀가 열매의 어깨를 살짝 눌러 눕혔다.

어저귀   어지러울 텐데 좀 더 있어요.

손열매   저 얼마나 물렸어요? 아니, 왜 119를 안 불렀어요?

어저귀   한 방도 안 물렸고요, 그냥 제풀에 기절하셨어요.

손열매   그럴 리가 있어요? 벌떼들이 폭포수처럼 쏟아졌는데?

어저귀   샅샅이 살폈고요, 한 군데도 안 다쳤어요, 장담해요.

손열매   샅샅이? 살폈…… 내 몸을? 어떻게 살폈는데요!

어저귀   아니, 그게 아니라…… 사람 상처에는 냄새가 있어요. 원래 어느 인간이나 맡을 수 있었는데 시각에 의존하면서 기능을 잃은 것뿐이고요. 벌한테 쏘인 데는 없습니다. 장담해요.

손열매   양미는요?

어저귀   열매 씨 괜찮은 거 보고 있다가 집에 갔죠. 부모님이 올라왔거든요.

어저귀의 방은 금방 떠날 사람처럼 텅 비고 세간이

간소했다. 열매가 누워 있는 침대를 제외하고는 가구도 옷장 하나와 테이블뿐이었고 가전제품이랄 게 없었다. 텔레비전도 없고 PC라든가 청소기라든가 정수기라든가 토스터기, 홈 시어터 시스템 같은 게 없었다. 아주 오래된 라디오 하나뿐이었다. 열매는 이런 미니멀주의도 외계인의 특징인 건가 싶었다.

손열매   냉장고도 없이 생활이 돼요? (혼자 중얼거리며) 완주산 데이비드 소로야, 아니면 「나는 자연인이다」 버전인 건가.

어저귀   보관할 만한 게 없어요. 가까이에 동굴이 있어서 굳이 필요하면 거기에 두고. 최근에 제 방 들어온 사람 그쪽이 처음이에요. 여기 사람이 있는 거 나도 이상해.

손열매   아니, 그렇게 교류가 없어요? 아 맞아, 인류애 잃었다고 했지. 근데 그런 것치고는 마을 일에 완전 팔 걷어붙이고 나서던데.

어저귀   다 잃은 건 아니니까. 가끔 인류애 북돋는 사람도 나타나잖아요. 그쪽처럼.

손열매   나요? (심장이 두근거리는 소리) 무슨 소리예요. 지금 내가 시방 얼마나 위험한 짐승인데. 흑담즙으로 차고 넘쳐요, 내 몸에.

어저귀　　본인만 모르나? 안 그런 거 같은데. 목소리도 안 떨고.

　그러고 보니 목소리의 진동은 한결 나아진 것이 사실 이었다. 순간 마음이 뭉근하게 따뜻해지려는 것을 손열 매는 '정신 차려' 하는 혼잣말로 막았다. 지금이야말로 산 삼 얘기를 꺼낼 타이밍이었다. 산삼으로 대출도 갚고 집 도 얻고 가능하면 가게라도 열어 호구지책을 찾아야 하 는 것 아닌가. 입술을 달싹거렸지만 그 발음도 쉬운 '산 삼'은 나오지 않았다. 열매는 이 간소한 방에 차 있는 고 요를 깰 수가 없었다. 천장 형광등이 어둑시근하게 켜져 있고 고리에 걸어 둔 어저귀의 작업복 바지 밑단에 검은 나비가 붙어 날개를 접었다 폈다 하는 풍경을. 종일 꿀은 커녕 밥 한술 뜨지 못한 열매는 배가 고팠다. 영양분을 공 급하라고 내장 기관들이 아우성치기 시작했다. 열매는 몸을 일으키면서 먹을 것 좀 달라고 말했다. 어저귀는 난 처한 표정을 지었다. 그럴 만한 게 없다는 거였다.

손열매　　그냥 평소 먹던 음식에 숟가락 하나만 더 놔 줘 요. 무슨 진수성찬 바라는 게 아니고요.

어저귀	괜찮겠어요?
손열매	저 그렇게 입맛 까다로운 사람 아닙니다. 뭐든 고맙게 먹겠습니다.

손열매가 이불을 걷고 일어서자 어저귀가 알았다며 밖으로 나가 저녁을 준비하기 시작했다. 아궁이는 뒤편에 있는 모양이었다. 열매는 정말 쑤인 곳이 없는지 이리저리 몸을 돌려 가며 살폈다. 거짓말처럼 아무렇지 않았다. 안심한 열매는 방 안을 살피기 시작했다. 누워 있을 때는 벽돌 무늬인 줄 알았는데 벽에는 칠판만 한 커다란 벽화가 그려져 있었다. 습기와 곰팡이로 흐릿해졌지만 어린아이 같은 단순한 그림체로 그려진 황소와 망아지, 완주 나무와 산새와 올리브 가지와 잎 들을 확인할 수 있었다. 손으로 쓴 문장을 열매는 읽어 보았다. "불이 지나간 뒤에 조용하고 부드러운 소리가 들려왔다."

손열매	(냄새를 맡으며) 근데 요리를 하긴 하는 건가, 아무 냄새도 안 나네.

지금쯤이면 된장국이나 김치찌개나 정 안 되면 계란 프라이 냄새라도 나야 하는데 기미가 없었다. 하기는 시

리얼이나 빵일 수도 있겠지. 손열매는 한식을 즐기는 편이지만 뭐라도 주는 대로 먹고 하산할 기운을 내자고 다짐했다. 그로부터 삼십 분이 더 지나고 드디어 어저귀가 원목 접시에 담은 음식들을 들고 왔다. 허기가 분노로 바뀌기 직전이었다.

손열매 아유, 평소대로 달라니까 무슨 우드 트레이씩이나. 주세요. 제가 들게요. 아주 만찬이네, 만찬.

어저귀 네, 그 그것만 들어 줘요.

포식에 대한 기대로 한껏 올라가 있던 열매의 입꼬리는 하지만 음식의 실물 ― 그것을 음식이라고 할 수 있다면 ― 을 확인한 순간 하강하기 시작했다. 음식이라고 하기에는 뭐랄까, 소울이 없어도 너무 없어 보였다. 원재료를 파악할 수 없이 환 모양으로 간단히 가공된 그 물체에는 시각과 후각을 자극하는 어떠한 성질도 없었다. 다이어트에 나선 사람들이 어쩔 수 없이 공복마다 털어 넣는 색색의 알약 더미 같은 생김새였다. 어저귀는 어딘가 긴장되고 설레는 표정으로 나무 수저를 가져와 열매 앞에 놓으며 상글상글 웃었다. 열매는 아주 잠깐 지금 자기를 '멕이는' 건가, 고향 말로 자기를 '시절이'로 아는 건가 생각했다.

어저귀   저는 손을 이용하는데 그쪽은 어떤 게 마음에 들
지 모르겠어요. 누구랑 집밥을 먹은 지가 너무
까마득해서.

눈을 반짝이는 어저귀의 표정에는 호기심과 기대가
뒤섞여 있었고 목소리는 슬프게도 진실했다. 그러니까
이 환들이야말로 배고프다고 아우성치는 위장에다 손열
매가 떨어뜨려야 하는 식품인 것이었다. 열매는 고수를
팍팍 넣은 베트남 쌀국수가 먹고 싶었다. 얼큰하게 해장
할 수 있는 김치우동이나 꿀벌의 독침만큼이나 독하디독
한 마라탕, 그것도 아니면 컵라면 한 그릇이라도.

손열매   예, 잘 먹을게요.

손열매의 말이 끝나자마자 어저귀는 알갱이들을 덜
어 자기 접시에 놓았다. 그리고 너무나 충만하고 포만감
어린 표정으로 섭취하기 시작했다. 새끼손톱만 한 알갱
이 네 알을 넣고 뭘 저렇게 오래 씹고 있는 거지? 혹시 마
임 같은 걸 하는 건가? 손열매가 먹지 않자, 눈까지 지그

시 감고 음미하던 어저귀는 입맛에 안 맞느냐고 물었다.
뭘 먹었어야 입맛에 맞는지 아닌지 알죠, 하려다가 손열
매는 아무래도 기절을 하고 일어났더니 속이 안 좋다며
쥐고 있던 숟가락을 놓았다.

어저귀   배고파 죽겠다면서요?

손열매   그랬는데 착각이었나 봐요. 쾅 하고 전신을 부딪
치고 나니까 온몸이 디톡스가 됐는지 굳이 뭘 안
집어넣어도 괜찮을 것 같아요.

어저귀   먹는 밥상에 숟가락 하나만 올려 달라고 해도 저
나름으로는 신경 썼는데 영 거북해요?

손열매   아니요, 진짜 배가 안 고파요. (꼬르륵거리는 소리)
참, 신체와 정신의 합일이 힘드네.

어저귀   이상한 음식이 아니고 물질 분자를 냄새 분자로
바꿔 조리한 거라 그래요. 뭘 좋아하는지 몰라서
다양하게 차렸는데 조금씩만 들어 봐요.

테이블 위를 아무리 살펴도 다양성이라고 할 만한 건
느낄 수 없었다. 그것은 그저 색과 크기가 조금씩 다른 동
글동글한 새똥들일 뿐이었다. 손열매는 예의상 어저귀가
방금 먹은 '그것'은 뭐냐고 물었다.

▶   148

| 어저귀 | 생트러플과 올리브오일로 만든 민물 가재 요리요. |
| 손열매 | 아……. |

혹시 정신이 오락가락해서 지구에 버려진 외계인인
가 의심하면서 열매는 옆 접시를 가리켰다.

어저귀	화이트와인과 꿀, 바질, 양파, 셜롯을 넣은 토마
	토마리네이드메밀면. 그 옆은 레몬그라스크림
	에 옥수수와 마늘종을 버무려 닭다리살 그릴 구
	이와 함께 먹는 요리이고요.

손열매는 이것 봐라 싶어 손가락을 움직여 모든 접시
를 가리켰고 그때마다 치즈, 베이컨, 싸리버섯 토핑의 오
므라이스, 완주산 해발 구백 미터에서 채취한 고사리를
라구소스에 졸여 만든 리소토, 십전대보를 가미한 산마
떡갈비구이 같은 믿을 수 없이 화려한 메뉴명을 들었다.

손열매	그럼 이건요?
어저귀	그거는 싱건지네요. 겨울 동안 먹고 얼마 안 남
	았어요.

손열매는 숨을 고르며 치밀어 오르는 분노를 넘겼다. 생명의 은인이니까 어쨌든 가장 마지막에 자신을 구하기 위해 뛰어온 사람이니까. 그래도 자기를 놀리는 것은 용서할 수가 없는데 싫어 이마를 손으로 짚고 있다가 일단 숟가락을 내밀어 접시에서 그것을 떴다. 그리고 입으로 넣었는데 그 순간 무언가가 풍선처럼 불어났고 열매는 서둘러 씹었다. 미뢰와 후각 세포가 사이키 조명처럼 번쩍번쩍 돌아갔다. 침이 서둘러 공급되었다. 두부와 들기름 향이 산나물의 쌉싸름한 향과 함께 퍼졌다.

손열매   이게 뭐예요?

어저귀   음식이죠.

열매는 자기 시각에 문제가 있나 싶어 눈을 비볐지만 다시 봐도 테이블 위에 놓인 것들의 평이하고 볼품없는 생김새는 그대로였다. 원리야 어떻든 배가 고팠으므로 열매는 서둘러 알갱이들을 비웠다. 올리브오일이 목구멍으로 빨려 들어가고 크림은 혀 위에서 사르르 녹았으며 몇 번 씹힌 메밀면은 토마토와 함께 위장으로 슬라이딩했다. 그렇게 열매가 탐식하자 어저귀도 안심하며 표정을 풀었다.

▶

어저귀　　좋네요.

손열매　　(씹는 소리 내며) 뭐가 좋은데요?

어저귀　　누군가가 방문해 밥 같이 먹는 거요.

손열매　　얼마 만인데요?

어저귀　　이것도 한 사백 년 만인가?

손열매　　그럼 대체 그쪽은 나이를 얼마나 먹었어요? 적어도 사백 살은 넘었다는 얘기니까 반송장이네, 반송장. 진실이 뭔지 알아야 대화를 하지.

어저귀　　진실은 누가 판단 내리는 게 아닌 것 같아요.

손열매　　역시 흑담즙 철학자답네. 그럼요?

어저귀　　그냥 그 순간 경험하는 거지.

　　설거지는 열매가 냇물을 떠다가 마치고 둘은 완주 나무 아래에서 별 구경을 했다. 함께한 오늘을 어떻게 마쳐야 할지 알 수 없다는 생각이 들었다. 어떻게 헤어져도 미진함이 남을 것 같은 기분이었다. 그때 어저귀가 "수미 지금 어렵죠?" 하고 열매에게 물었다. 어저귀와 수미 사이를 이미 알면서도 왜인지 열매는 어깨가 조금 흔들릴 정도로 놀랐다. 수미 엄마가 자기 딸 얘기를 퍼뜨렸을 리는 없고 어떻게 알게 되었는지 궁금했다.

어저귀   와, 그쪽은 정말 다 알아야 하는 유형의 인간인
가 보다.

손열매는 차마 아니라고 말하지는 못했다. 열매는 하
루에도 수백 번 마주치는 타인들 모두가 궁금했다. 운동
화를 왜 그렇게 구겨 신었는지 어디를 가고 있는지 가면
환영받을 수 있는지 들여다보고 있는 휴대전화에서는 무
슨 얘기가 오가는지 혹시 ㅎㅎㅎ이나 ㅋㅋㅋ만 찍혀 있
지 않은지. 그렇게 묻고 싶은 충동은 열매의 외로움과 관
련 있다는 걸 이제는 알았다. 그런 질문은 결국 자기 자
신이 원하는 것이었음을. 받지 못한 사랑에 대한 트라우
마가 절대 유기되지 않겠다는 자기 보호로 이끌었고 그
렇게 해서 사람들과 거리를 두고 나서는 아주 깊은 외로
움이 종일 열매를 붙들고 있다는 것을. 스스로의 마음이
나 육체, 때론 삶 자체를 소모하고 말아야 끝날 듯한, 익
명의 손들에 대책 없이 쥐어지는 거리의 전단지처럼 남
발되는 외로움.
　하지만 이제는 그런 충동들을 잠재우며 무심하게 길
을 걷는 감각을 알 것 같았다. 논둑을 논둑으로만 보고 한
낮의 볕은 볕으로만 보며 주인보다 뒤처져 걷는 늙은 개
는 늙은 개로만 보는 것. 머릿속을 채우는 생각들로 열

매 마음이 부풀 즈음 어저귀가 삽을 가져와 땅을 파라
고 했다.

손열매 왜요?

어저귀 어떻게 알았는지 가르쳐 주려고요?

설마 연쇄 살인마 같은 건 아니겠지 의심하면서 손열
매는 희적희적 땅을 팠다. 아몬드 향처럼 아주 기름진 흙
냄새가 났다. 그건 밤의 색만큼이나 아주 짙었다. 열매가
그렇게 시들시들 하는 것에 비해 어저귀는 열심히 그리
고 빠르게 구덩이를 팠다. 그건 땅을 파는 게 아니라 지우
는 속도에 가까웠다. 배경을 지우고 피사체의 외곽선만
남기는 트리밍 작업을 하듯 어저귀는 나무뿌리에서 뻗어
나간 실뿌리들과 거미줄 같은 것들만 남겨 깊은 구덩이
를 만들었다. 그리고 열매더러 안으로 들어오라고 했다.

어저귀 자, 끝! 이제 들어와요.

손열매 아, 됐어요.

어저귀 왜요? 궁금하다면서요. 수미 소식이요.

손열매 거기에 수미 언니가 있으면 이제 장르는 범죄 스
　　　　　릴러가 되는 거죠. 이상한 소리 말아요.

어저귀　　　열매 씨는 딱 도시에서 온 반건조 오징어 인간들 같아요. 불안과 공포와 의심과 적대와 적의가 압착된 냄새가 나거든요.

손열매　　　(자기 몸 냄새 맡는 소리) 내가요? 냄새가 난다고요? 무슨 소리야, 내가 이래 봬도 향수 마니아인데…… 아…… 그랬구나…… 그래서 투비가 날아왔구나.

어저귀　　　여튼 들어와요.

　어저귀가 재촉하며 두 팔을 내밀었고 열매는 어린 시절 작은 바위에서 바다로 다이빙하던 동작을 떠올리며 구덩이로 뛰어들었다. 그때 바다가 받아 주었듯 어저귀가 열매를 받아 안았다. 구덩이는 생각보다 아늑했다. 그리고 화려했다. 나무뿌리와 균사체와 곰팡이가 여름밤에 알맞게 만발해 있었다. 열매가 손을 가져다 댔다.

어저귀　　　느껴져요?

손열매　　　나무뿌리구나 싶습니다.

어저귀　　　머릿속에서 이름들 다 지우고 더듬어 봐요. 있는 그대로.

그러자 열매에게는 대상이 뭔지가 아니라 자신에게 어떤 감각이 남는지가 중요해졌다. 우선 물기가 있었다. 어떤 것은 힘을 줘야 배어 나왔고 어떤 것은 나무뿌리 표면을 매끈하게 감싸고 있었다. 손가락에 달라붙는 실들은 곰팡이들이 만든 균사체라고 했다. 거의 모든 나무뿌리들이 그 그물 백 같은 균사체들을 늘어뜨리고 있었다. 구덩이 속에 있으니 열매는 전보다 더 또렷하게 냄새와 소리를 느꼈다. 원래 밤의 숲이 품고 있던 — 여름 여치들의 청아한 음색과 가지와 가지를 옮겨 가는 밤새들의 날갯짓과 여린 가지를 우르르 들추다 내려와 열매 귀를 먹먹하게 하는 골짜기 바람 — 외에도,

달을 비추기 위해 기꺼이 더 어두워진 연못의 물결 소리.

뾰족한 전나무 잎들이 공기 중에 긋는 투명한 빗금 소리.

흙 알갱이를 짚으며 땅벌레들이 길을 찾는 소리.

부후된 통나무 껍질을 쪼개며 버섯이 피는 소리.

이불이 펼쳐지듯 밤안개가 너르게 이동하는 소리.

그러다 어저귀와 열매 위로 내려앉는 소리.

그렇게 밤이 존재하는 소리.

어저귀   숨을 보내며 이제 물어봐요.

손열매　　누구한테요?

어저귀　　숲의 여기저기에요.

　모호한 말이었지만 열매는 어디론가 숨을 보내기 위해 노력했다. 일할 때 영상 속 인물들에게 자기 목소리를 내주었던 것처럼. 열매가 연기한 무엇도 현실에 있는 존재는 아니었지만 그렇다고 아예 없다고 부정할 수도 없는 존재였다. 그들은 환상이 아니었다. 열매의 호흡과 목소리를 전달받았으니까. 그래서 열매는 성우인 게 좋았다. 지금은 불가능하게 되었지만. 열매가 슬픔을 느끼자 손가락에 따끔한 자극이 일었다. 처음에는 착각인가 싶었고 나중에는 비가 오나 두리번거렸지만 찰나적으로 일어나는 자극은 분명 존재하는 것이었다.

손열매　　와!

　열매는 그것이 좋은지 나쁜지도 모르면서 일단 탄성을 질렀다. 어저귀가 삽을 땅속에 꽂아 놓고 기대서 있다가 열매를 향해 얼굴을 돌렸다. 어두워서 표정을 읽어 낼 수는 없었지만 "이제 알았죠?" 하는 물음에는 기쁨이 담겨 있었다.

손열매   방금 뭐예요? 정전기 같은 건가?

어저귀   굳이 설명한다면 친교적 조력이라고 할 수 있겠
네요. 살아 있는 것들이 살아 있는 것들을 돕고
싶어 하는 마음.

어저귀는 숲의 모든 것들은 친교 속에 존재한다고 했
다. 나무만 해도 뿌리와 뿌리가 맞닿고 흙 속의 곰팡이가
연결선을 만들면서 안부를 전하고 서로 위급한 신호를
보내고 영양분을 빌려주기도 한다고. 자기 몸에서 태어
난 어린 묘목을 돌보며 오래된 지혜를 나누어 주는데 숲
의 동물들도 그런 나무들의 이야기에 귀 기울이고 있다
고. 이렇게 세상 모든 존재들이 우주 속에서 끊이지 않는
대화를 나누지만 인간은 오래전 이탈해 자기들만의 방식
을 선택했고 지금이 그 결과라고 했다. 다만 몇몇 인간들
은 그런 관계를 시초에 가깝게 유지한 채 존재하는데 어
저귀도 그중 하나였다.

어저귀   시초에 가깝다는 게 뭔지 저도 짐작만 할 뿐이
지만. 절 키워 주신 감불 아재가 해 주신 말씀이
에요. 제가 누구냐고 물을 때마다 누가 아닌지를
물으라고 질문을 바꾸어 돌려주셨죠.

손열매	그럼 외계인이 아니라 내계인이네, 인간적이고 인간적인 내계인. 근데 이거 비밀 아니에요? 왜 줄줄이 설명해 주는데?
어저귀	어차피 믿는 사람들만 믿을 테니까. 애초에 열매 씨한테는 숨길 생각이 안 들던데요. 버스에서 자고 있는 얼굴을 보는데 하루 종일 봐도 그 하루가 아깝지 않고 괜찮을 것 같은, 너무 말간 얼굴이었어. 그래서 이렇게 돼 버렸는지 모르죠.
손열매	(어색해져 화제를 넘기듯) 혹시 나도 그쪽 과인가? 레알 내계인?
어저귀	그건 절대 아닙니다. 우리는 우리끼리 알아봐요. 우연히 마주치면 눈인사하고 지나가요. 말없이. 자, 이제 물어봐요, 수미가 어딨는지. 숲이 신호를 잡아 주기도 하거든요.

하지만 그 순간 열매는 묻지 않았다. 손가락으로 미세한 통증처럼 친교의 신호가 들어오는 동안에도, 수미를 찾는 게 이 여름의 목적이었으면서도 그런 질문은 하고 싶지 않았다. 어저귀는 열매의 얼굴을 보고 있다가 머리 위에 떨어진 나뭇잎을 털어 주었다. 열매가 그 손길을 기억하고 싶어 눈을 감자 어저귀는 허리를 숙여 다가왔

고, 열매는 발끝을 들어 어저귀의 입술에 입술을 대고 숨을 불어넣었다. 그렇게 해서 퍼져 나가는 열매의 숨에서는 아주 어렸을 때 보령 바닷가를 걸으며 맡았던 모래 냄새가 났다. 마당 빨랫줄에서 잘 마른 옷을 걷어 입을 때 나던 햇볕 냄새도, 발가락에 부딪혀 부서지던 흰 파도의 냄새도. 그러자 어저귀도 열매에게 호흡을 나누어 주었다. 열매의 엉덩이를 받쳐 올려 자기 숨을 완전히 들이마실 수 있게 꽉 껴안았고 열매는 어둠이 팽창하다 환해지면서 열기와 빛이 나타나는, 어저귀가 경험한 여름을 마시고 맡고 느꼈다.

사랑과 밤과 나무와 땅 냄새와 별 그리고 둘을 감싸고 있는 달콤한 공기를 드러내는 음악. 사람들이 한때 자신의 모든 것을 던진 무모한 연애의 기억을 떠올리며 잠시라도 그때의 첫 만남으로 돌아가 봤으면 좋겠다. 금세 슬픔이 몰려오더라도. 그 슬픔을 이길 수 없어 기억을 털어 내며 자리에서 일어나 어딘가를 화난 듯 걷더라도.

멀리서 샤넬이 짖는 소리, 목줄에 끌려 걸어오는 하이힐 소리.

정애라   샤넬, 샤넬, 샤넬, 엄마가 줄 당기지 말랬지? 특히 엄마 새틴 드레스 입었을 때는 조심하자고 약속했어, 안 했어. (샤넬 애교 부리며 낑낑거리는 소리) 아휴, 더워, 더워. 열매 씨 나 커피 한 잔, 우리 샤넬이는 아이스크림 하나. 매장 리모델링 아주 잘됐다. 장의사랑 매점이랑 같이 있는 게 키치적이고 멋져. 삶과 죽음의 동시성을 보여 준달까?

손열매   여기, 커피랑 아이스크림 나왔습니다. 매출도 늘고 있습니다.

양미네 집에서 물건들이 와르르 쏟아지는 소리 들린다. "내가 안 살아 봤냐? 사람은 주제 파악을 잘해야 안 망해 먹고 살 수 있는 거야" 하며 양미 아빠 화내는 소리.

정애라   이게 무슨 소리야? 상당히 이머전시한 거 아니니? 어머, 샤넬, 샤넬, 어디 가? 이리 와. 이리 오라니까. 아휴, 쟤가 어디 가는 거야? (샤넬이 짖으며 멀어지는 소리)

들어가 보니 양미네 집에는 옷가지들이 흩어져 있고 양미 방문은 한쪽 귀퉁이가 깨져 있었다. 양미 아빠는 그 방으로 들어가 딸의 소지품을 뒤졌다. 시디들을 꺼내 마당으로 던졌고 접힌 곳도 없이 소중하게 간직되어 있던 아이돌 그룹의 포스터와 사진 들도 버렸다.

양미   그러지 마, 나 진짜 심각하게 경고하는 거야. 다른 건 괜찮아도 이거 건들면 나 진짜 무슨 짓 할지 몰라.

양미 아빠   돈 있는 족족 이런 거나 사서 쌓아 놓구 이런다고 너가 뭐라도 될 수 있을 것 같냐? 이런 것도 다 돈 있는 집 애들이나 하는 거야. 아빠가 말했지, 우리 대가리는 남들 정도만 하고 살기에도 모자란 대가리라고, 헛꿈 꾸지 말라고.

양미   내놓으라고, 그거 돈 주고도 못 사는 거라고! (소리 지르며) 찢지 마! 찢지 말라고!

양미 아빠   다 버려야지 이거, 이씨.

정애라   저기 실례 좀 하겠습니다. 우리 집 개가 여기에 들어와 가지고. (멍멍 하는 소리) 그런데 지금 분위기가 애한테 상당히 심하게 구시는데 목격자로서 지나칠 수가 없네요.

양미 아빠   내 집이고 내 딸이에요.

정애라   그러니까 딸한테 이렇게 하시는 이유가 뭐예요? 얘, 맞지는 않았니? 괜찮아?

양미 아빠   아니, 누군데요? 예? 개 새끼 데리고 나가요.

정애라	쟤 개 새끼 아니라 제 새끼고요, 저는 힘 있는 사람입니다.
양미 아빠	뭐 있는 사람이요?
정애라	힘 있는 사람이라고요. 이름만 대도 모두 알 만큼 힘 있는 사람.

양미 아빠는 황당했는지 배우를 위아래로 훑어보다가 모자를 뒤집어쓰고 휙 밖으로 나갔다. 대문 밖에서 훔쳐보고 있던 율리야와 파드마가 "안녕하세요" 하고 인사했지만 받지 않고 트럭에 올라탔다.

양미 아빠	방학 끝나고 당장 옮길 테니까 그렇게 알아!

차가 출발하고 나자 마을 전체가 조용해졌다. 마치 정지 화면 버튼을 누른 것처럼 한동안 양미네 집 풍경은 불행하게 멈췄다. 이윽고 율리야와 파드마가 들어와 시디와 가사집과 포스터 들을 줍기 시작했다. 양미는 자전거 옆에 서 있었고 표정은 그림자처럼 텅 비어 있었다. 감당하기 어려운 현실 앞에서 스위치를 꺼 버리는 건 상처받은 아이들이 어려서부터 배우는 방어 기제였다. 하지만 그렇게 쳐내 버린 감정은 반드시 돌아오게 마련이었

다, 일렁이는 물결처럼.

손열매	기분 나쁘잖아, 화를 내, 참지 말고.
양미	아닌데? 기분 안 나쁜데? 아무렇지 않은데? 사는 꼴이 만날 이러니까 익숙해.
손열매	삼키면 독 된다, 흉볼 사람 없으니까 욕도 하고 화도 내.
양미	아 싫다니까, 언니가 뭔데 이래라저래라야, 지도 돈 다 털리고 갈 데 없어서 여기 와 있는 주제에 잘난 척 하지 마.

말투는 앙칼졌지만 양미의 두 눈에는 눈물이 차올라 있었다. 감정을 차단해 현실을 감각하지 않는 것보다는 나은 상황이었다. 손열매는 교복부터 집어 손으로 탈탈 털어 옷걸이에 걸었다.

손열매	그래, 돈 다 털리고 그 집 와서 알바하고 있는 신세라서 되게 미안하다. 너도 나처럼 안 되려면 마음 단단히 먹어.

양미는 고개를 한쪽 편으로 돌리며 쳇, 하고 코웃음

쳤지만 표정은 일그러졌고 울고 있었다. 중얼중얼 불평하면서 연신 얼굴을 닦고 있었다. 절망하고 있었다, 억울해하고 있었다, 힘들어도 일어나는 감정을 감정 그대로 느끼고 있었다. 피하지 않고 슬퍼하고 있었다. 그때 대문이 빼꼼히 열리더니 용운 엄마가 한 발 한 발 안으로 들어왔다. 파드마와 율리야는 포스터를 맞추고 있다가 벌떡 일어나 인사했다. 용운 엄마는 그다지 달갑지 않은 얼굴로 고개를 끄덕였다.

용운 엄마   아빠가 우리 집 들렀다 갔어. 거제로 가기로 했다고? 네 아빠가 그렇게 말한 게 한두 번이 아니라서 아줌마가 확인하러 왔어.

율리야   양미, 이사 가? 전학 가?

용운 엄마   야 너네, 너네는 어떻게 너네 생각만 하니? 니네는 나중에 다문화 특별 전형 해서 대학 갈 거잖아. 한국 애들은 니들보다 더 열심히 해야지, 여기 같은 시골에서는 안 돼.

파드마   아줌마 우리 또 전학 못 가요. 우리, 우리 학교가 좋아요.

용운 엄마   니들이야 그렇겠지, 니들 세상이니까. 우리 세금이 다 너네 같은 애들한테 들어가서 우리가 피해

를 보는 거야. 굴러온 돌 때문에 있던 돌멩이들
만 고생이라고.

정애라   (착잡하게) 여사님, 그만하세요. 애들한테 그런
얘기를. 내가 살다 온 밴쿠버였다면 여사님 당장
수갑 차요.

용운 엄마   내가요? 내가 왜요? 내 자식 죽인 놈들도 안 차
는 수갑을 내가 왜요?

용운 엄마의 눈빛에 갑자기 시퍼런 분노가 지나갔
다. 무엇으로도 잠재워질 것 같지 않은, 생생하게 살아
있는 분노가.

용운 엄마   배우님, 저도 젊었을 때 배우님 영화관에서 자
주 봤어요. 우리 용운이 가졌을 때 만삭의 몸으
로 보러 간 적도 있어요. 새집 지어서 들어오신
마당에 죄송하지만 개발 쪽에 찬성 좀 해 주세
요. 저 이 마을에서 풀려나게 해 주세요. 자식 잃
고 돈 챙겼다 이런 말 들어도 상관없으니까 투표
때 추진 위원회 쪽으로 힘 실어 주시고 다른 좋
은 곳 찾아서 또 집 지으세요. 배우님 부자잖아
요, 어디 가도 살 수 있잖아요. 8월 15일이에요.

나라도 찾은 길일이라 투표일도 그렇게 정했어
요. 우리 인생에도 광명 좀 들게.

정애라   제가 선을 넘었네요. 죄송합니다.

용운 엄마   죄송은 괜찮고요, 도장만 찍어 주시면 됩니다.
제가 찾아갈게요.

배우는 용운 엄마를 물끄러미 보며 서 있다가 같이
집으로 걷자고 했다. 심상치 않은 분위기를 느꼈는지 샤
넬도 꼬리를 조금 늘어뜨린 채 터덜터덜 따라갔다. 용운
엄마는 가는 길에도 말을 멈추지 않고 배우에게 뭔가를
부탁하고 설명하고 매달렸다. 배우는 가끔 용운 엄마를
잡아당겨 길가의 웅덩이나 경운기를 피할 수 있게 했다.
흰 새틴 드레스가 바람에 흔들릴 때면 배우는 용운 엄마
의 호소를 듣기 위해 하늘에서 내려온, 자비에 가득 찬 어
떤 존재를 열연하는 것처럼 보였다.

파드마   양미, 여기 다 맞췄어. 다행히 블핑은 무사해.

가방도 내려놓지 않고 쪼그려 앉아 줍던 아이들이 일
어섰다. 그리고 (여자)아이들은 (여자)아이들대로, 뉴진
스는 뉴진스대로, 마마무는 마마무대로 추려서 건넸다.

양미는 받아서 자기 방으로 밀어 넣었다.

파드마	저번에 올린 네 춤 영상 또 대박 났어.
양미	이제 올리지 마.
파드마	왜?
양미	……약속 못 지킬 수도 있으니까.
파드마	우리가 한 약속은 하나밖에 없어. 기억하지? 아이에 두닷 바도키 바리미 바드 나카리. 슬픈 얘기는 하지 말자.

　소동이 끝나고 모두 돌아간 뒤 열매는 방에 앉아 여름이 저무는 것을 지켜보았다. 비가 오려는지 공기가 무거워지고 있었다. 식물들의 잎 색도 저녁 기운을 받아 짙어졌고 마당에서는 수미 엄마가 향 물을 만들기 위해 늙은 소나무와 전나무 들을 정리하는 소리가 들렸다. 가지를 꺾을 때마다 장작이 타는 듯한 탁탁 소리가 들렸다. 방이 더 어두워졌을 때 열매는 그새 더 낡은 듯한 나이키 박스를 꺼냈다. 그리고 이후 이야기를 읽어 내려갔다. 공소에서 어저귀에게 경고한 뒤 어린 수미는 일등으로 올라섰다. 정정당당하게 하라고 하니 어저귀는 체육 시간에 뜀틀도 못 뛰고 수학 점수도 형편없더라고 이 비정한

어린이는 적었다. 비정상적인 속력으로 마을을 달리다가도 자기를 마주치면 느릿느릿 인간적인 보폭으로 돌아온다고. 하지만 일기는 1999년 여름이 지난 후 아주 띄엄띄엄 적혔고 그마저 "어저귀는 약속을 어겼고 나는 살아남았다" 하는 휘갈겨 쓴 글씨와 함께 "떠날 거야" 하는 다짐으로 끝나 있었다. 사고 현장에서 살아 돌아온 건 어저귀가 그때만은 수미와의 약속을 지키지 않은 덕분인 것 같았다.

오디오 덱에 카세트테이프 넣고 돌리는 소리.

신해철   미국의 대표적인 서던 록 밴드 레너드 스키너드는 투어 도중 경비행기가 추락해 세 명의 멤버가 세상을 떠나고 나머지 멤버들도 큰 부상을 입었습니다. 비행기 사고나 혹은 자동차 사고로 유명을 달리했다거나 하면 드라마틱하게 들릴 때가 있습니다. 예를 들면 제임스 딘이라든가 한때 대단한 인기를 얻었던 권투 선수 산체스도 흰색 포르셰에서 사망했죠. 글쎄요, 뒤에 생각하면 드라마틱하지만 본인들과 가족들 슬픔을 생각하면 세상에는 드라마틱한 사고는 없다는 생각이

듣니다. 사고는 사고죠. 죽음은 슬픈 거죠. 레너드 스키너드의 「심플 맨Simple Man」으로 문을 닫겠습니다. 오늘 완평군에서 사연 보내 주신 청취자분, 이런 말 무력하게 느껴져서 그렇지만 힘내시기 바라겠습니다. 우리는 각자의 몫을 또 완주해야 하니까요.

장마가 시작되는 음악, 지금까지와는 다른 비의 느낌.

장마가 시작되자 마을에는 긴장감이 돌았다. 수미 말처럼 완평에는 쉴 새 없이 비가 왔다. 다른 건축물의 차단 없이 땅으로 곧장 쏟아지는 비는 만물이 생장하는 시절이라 여겼던 여름에 대한 두려움을 가지게 했다. 여름은 혼돈과 유실 그리고 붕괴의 시간이었다. 마을 사람들은 장화를 신고 나와 손가락으로 하늘과 논과 시찰 나온 공무원들을 가리켜 가며 목소리를 높였다. 도시의 비가 위에서 오는 것이라면 완주에서의 비는 아래로부터 차오르는 것 같았다.

댐의 상황은 불안한 사이렌과 함께 그때그때 마을에 전해졌다. 수위가 어디까지 올랐는지 만수위까지는 시간이 얼마나 남았는지 수문을 열 것인지 연다면 몇 시에 열

것인지 그러면 마을에는 언제 도착할지 천은 얼마나 불어날지, 어디까지 대비할 수 있을지. 이장도 수시로 방송 마이크를 잡았다.

이장 완주 마을 주민분들께 알립니다. 오늘 밤 비가 무지하게 많이 온다고 합니다. 지금까지 비는 애기 오줌이라고 하니까 침수 위험이 있는 논들은 당장 물빼기를 하시고 콩, 감자, 고구마 심어 놓은 데는 배수로 안 막혔는지 확인하셔서 넘어지기 전에 지팡이라도 짚는 심정으로 준비를 단단히 해 놓으시기 바랍니다. 방류 두 시간 전, 한 시간 전, 삼십 분 전에 사이렌 울리면 괜히 놀라서 짐부터 싸지 마시고 위험 상황이면 각 반 반장들이 연락할 테니까 침착하게 계시면 됩니다. 아니면 집 똑뼈이 대비해 놓고 저녁 되기 전에 노인정에 오셔서 편안히 계시면 됩니다. 숙영 엄마가 능이까지 넣어서 오리백숙을 해 놓을 거라고 합니다. 아주 입이 닳도록 얘기하지만 밤중에 논 보러 나가는 무모한 행동을 하면 안 됩니다. 경비는 우리 새마을회에서 알아서 서고 있으니까 다리에 십도 없는 분들이 나가면 그냥 돌아가신

▶

조상님 뵙는 것이여. 작년에 내가 누구라고 말은 못 하지만 밤에 논물 보러 나갔다가 논두렁에 미끄러져서 허리 다친 거 다들 기억하고 있지 않습니까? 마을 도로 침수돼서 응급차도 못 들어오고 치료가 늦어져 자리보전을 몇 개월이나 하고, 전형적인 소탐대실이요, 소탐대실. 말이 길어졌는데 아무튼 정신을 바짝 차리되 우왕좌왕은 말고 당황도 하지 말고 조상 못자리 떠내려가라 청개구리가 울어 싸도 내 몸부터 지켜야 한다는 겁니다. 이상으로 완주 마을 이장이 간곡한 심정으로다가 말씀드렸습니다.

비가 그치고 한층 가벼워진 여름바람이 부니 사람들은 밖으로 나와 그간의 불안과 긴장을 말리며 분주히 움직였다. 비를 맞으며 쑥쑥 자란 논가의 풀을 벴고 무너진 논둑은 손으로 일일이 다져 올렸다. 손길이 닿을 때마다 유실된 것이 복구되고 불만과 한탄 속에서도 일상은 되돌아왔다. 여름을 통과하며 열매에게 자연은 때론 친교적 선의를 가지고 손을 내밀지만 때론 환경적 조건의 반응 외에는 어떤 기제도 없는, 생명과는 무관한 존재들처럼도 느껴졌다. 장마가 물러나자 마을은 언제 그랬냐는 듯 분위기가 바뀌었다. 계절이 주는 빛, 물, 바람 속에 푸르게 잠겼다.

배우가 말한 삶과 죽음의 동시성 때문인지 본격적인 휴가철이라 그런지 매점은 점점 더 북적댔다. 메뉴도 추가됐다. 커피를 마시러 온 사람들이 자꾸 빵은 없냐고 물어서 대답하는 일이 귀찮아진 열매가 그냥 빵을 팔기로 한 거였다. 처음 자취를 시작하고 화려한 싱글 라이프를 꿈꾸던 시절 손열매는 잠시 베이킹에 빠진 적이 있었다. 물론 몇 달 지나지 않아 오븐마저 팔아 치웠지만. 그 말을 들은 어저귀가 유리병에 뭔가를 담아 왔다.

손열매   이건 뭐?
어저귀   누룩.

누룩이라는 말을 듣는 순간 열매는 삼억 오천의 인생 역전이 아닌 사랑을 좇은 자기 신세가 실감 났고 마찬가지로 정의를 선택한 수미 어린이도 떠올랐다. 그때 산삼이 아니라 누룩을 달라고 한 사람이 있다고 했는데 어쨌든 지금 자기 앞에 놓인 것이 누룩이었다. 막걸리도 거르고 동동주도 담고 빵 반죽도 하는, 인터넷에 검색해 보면 일 킬로그램에 만 원으로도 살 수 있는 곰팡이균. 하지만 연인의 선물이기에 손열매는 고맙게 받았다. 어저귀는 사과를 당분으로 넣어 주며 잘 '길러서' 사용하라고 말했다. 완주산 빛과 호흡으로 발효시킨 천연 효모종이니까.

손열매 누룩 처음 선물하는 거 아니지?

어저귀 그걸 어떻게 알았어? 그 오래전 일을.

손열매 여자만 보면 다 선물하는 거 아녀?

어저귀 아니, 아니야. 그건 고종 황제 승하하시고 몇 년 뒤엔가 혼자가 돼 가지고 어렵게 사시던 분이 술을 빚어 볼까 한다고 해서 선물한 거야.

손열매 고종 황제? 아니, 그쪽 나이가 정확히 어떻게 돼요? 그리고 그 긴 시간 동안 혼자 살지는 않았을 테고 결혼은 몇 번이나 했나? 다리 여러 개 달린 오징어 같은 외계인 부인이 막 우주에 수십 명 있는 거 아닌가 해서.

어저귀 수십 명?

손열매 아 뭐야, 수백이야? 괜찮으니까 말해 봐. 정보 수집 차원에서 묻는 거니까 솔직하게 말해 봐요.

어저귀 솔직하게 둘, 넷, 여섯, 여덟, 흠…….

어저귀는 손가락을 하나씩 꼽으며 세기 시작했다. 손

가락은 한 번으로도 모자라 두 번, 세 번 돌았고 나중에는 슬리퍼를 벗어 발가락까지 이용했다. 손열매는 눈을 게슴츠레 뜨고 그 모습을 보고 있다가 어저귀의 손을 제지했다.

손열매 아유 됐어 됐어. 됐거든. 하나도 안 궁금하거든. 나 그렇게 속 좁은 인간 아니라니까 의자왕이여 뭐여, 손가락 발가락이 뭐가 글케 많이 접혀.

어저귀 야, 여름 참 시원하다. 이런 여름, 고종 황제 때 이후로 처음이네.

어저귀가 열매의 손을 잡고 평상 위에 누웠다. 구름 한 조각 없는 맑은 날씨였다. 우는 사람은 하나도 없을 것 같은 여름. 매미 소리가 숲에서 파도처럼 밀려왔고 살구나무가 둘의 얼굴에 그림자를 드리웠다.

손열매 당신은 영원히 살겠지?

어저귀 영원히?

손열매 영원히 떠나지도 않겠지? 외계인이랑 사귀니까 그 점은 좋네. 지난날은 의자왕이었더라도.

어저귀 나한테도 마지막이 있고 시작이 있고 할 텐데 과정은 머릿속에 없어. 동면하듯 잠시 기억이 사라지는 기간이 있는 것 같아. 하지만 언제나 시작은 완주 나무 앞이야. 감불 아재도 완주 나무 앞에서 나를 발견했다고 했으니까.

손열매　그분은 어디 가셨어?

어저귀　떠났어, 어느 날 갑자기.

손열매　그럼 그분도?

어저귀　맞아. 그래도 (활기차게) 손열매 삶에는 가능한 한 영원해 볼게. 흑담즙도 이제 그만 분비하고…… 하나 둘 하나 둘.

영원이라는 말을 들을 때마다 그것을 듣기 직전으로 돌아가고 싶은 부담을 느껴 왔던 열매는 어저귀의 영원만은 아무 불안도 의심도 없이 믿고 싶었다. 갑자기 평상 위에서 푸시업을 해 보이는 어저귀를 보고 있다가 열매가 얼굴을 장난스럽게 두 손으로 붙잡아 일그러뜨렸다.

어저귀　(볼이 잡혀 버린 목소리로) 주름 생겨, 이거 놔요.

손열매　어차피 늙지도 않으면서 무슨 걱정이야. 야, 잘생겼다, 잘생겼어. 나도 종일 이 얼굴만 들여다봤으면 좋겠다!

어저귀   그럼 서로 마주 보고만 있으면 되겠네. 그러라고 여름이 있는 거네.

열매는 어저귀의 충고대로 누룩을 키웠다. 신 내가 진해지다 물과 덩어리가 분리되면 걸러서 생효모를 얻고 동네 사람에게 산 호밀 가루와 반죽해 단순하게 구웠다. 모든 것이 살아나고 유효했다. 열매는 울고 싶을 정도로 자신이 행복해하고 있다는 것을 느꼈다. 어저귀의 누룩 덕분인지 빵은 무섭게 팔려 나갔다. "감동 그 잡채의 천연 효모 빵"으로 어느 블로그에 소개되더니 사람마다 느끼는 맛이 다 다른 신기한 빵으로 입소문이 났다. 방문자들의 별점도 매겨졌다. 국가 권력급 사워도우, 시간 잘 맞추면 향냄새 나는 장의사 컨셉 카페, 노랑이 믹스커피에 담긴 인생 찐맛, 나이 있으신 사장님은 레알 장례 지도사라고 함, 아무것도 안 넣었다는데 바닐라, 치즈, 트러플 향까지 남, 완벽의 숨은 맛집, 알바생 성깔 있음.

어느 밤 수미 엄마가 가게를 닫고 들어와 열매에게 이백만 원을 내밀었다. 수미 돈을 갚는 건가 싶었는데 손까지 내저으며 자기가 주는 월급이라고 했다.

수미 엄마   수미는 직장 다닌다며? 지 돈은 지가 갚겠지. 줄 수 있어서 주는 거니까 받아.

손열매 와, 얼마 만에 받는 월급인지 모르겠어요.

수미 엄마 나도 얼마 만에 주는 월급인지 모르겠네.

손열매 저번에 병원 가신 건 괜찮았죠?

수미 엄마 (뭔가를 숨기듯) 괜찮지, 그럼. 나는 재발되면 이번에는 항암 안 할 거야. 그러니 조마조마할 것도 없고 병원 가는 길이 소풍길이야.

완주 중반을 넘기고 있는 인물들에 대한 다정한 격려와도 같은 음악. 계절은 깊어 가고 마음을 버석하게 만드는 갈등이 표면으로 올라온다. 그렇게 숨길 수 없는 것들이 많아지는 것이 여름이다.

전 남친이 찾아온 건 눈앞이 시원하게 맑은 칠월의 마지막 날이었다. 휴가객들이 몰려들어 열매는 정신없이 일하고 있었다. 그는 사람들과 우르르 같이 들어와 말없이 자리에 앉아 있다 열매가 질색하는 그 수선스럽고 과장된 제스처로 말을 걸었다.

전 남친 (연극적으로) 열매야, 손열매, 이 자식. (울음을 참는 듯한 목소리) 여기서 뭐 하는 거야?

손열매 니가 여기 왜 있어?

전 남친	왜 있긴 인마, 너 보러 왔지. 더 나은 삶 살자고 헤어지자고 하더니 이게, 이게 뭐니? 미용실 간 지는 얼마나 됐어? 너 선크림 안 발라? 얼굴이 다크 로스트네, 다크 로스트. 우리 손열매 맞아? 지금 이 모습이 세상 핫한 일등 성우 손열매가 맞느냐고, 답해 봐.
손열매	내가 손열매가 아니면 누구겠어?
전 남친	정작 널 이렇게 만든 인간은 서울에 있는데 왜 니가 여기로 도망 와 있냐고 대체!
손열매	오버하지 마. 소름 돋아.

전 남친이 하는 말에는 언제나 트릭이 숨어 있고 그건 대체로 본인의 이득을 위한 것이었다. 작은 일부터 큰 일까지. 그런 인간이 대체 완평까지 왜 찾아왔을까 의심이 들었지만 손열매는 파라솔 의자에 앉히고 커피를 내주었다. 그리고 전 남친이 열매를 자극하기 위해 사용하는 온갖 표현들 — 너무, 그토록, 완전히, 천연덕스럽게, 호구마냥, 인간 이하, 소오름 — 을 제외하고 사실만 건져들었다. 여의도에서 열린 투자 설명회에 참석한 수미를 누군가가 발견했고 뒤를 밟아 주소를 알아냈다. 이것이 그 집이다. 어느 다세대 주택으로 들어가는 수미의 뒷모

습을 열매는 사진으로 보았다. 여름 재킷을 단정히 입은 고수미는 평소와 다르지 않아 보였다. 뒷모습만으로 상태를 짐작할 수 없지만 자기 연락도 씹은 채 태연히 일상을 유지하는 듯해 열매의 마음은 지옥이 되었다.

전 남친   야, 너는 이 가게에서 노력 봉사 하고 있는데 지는 지 인생 살고. 이거 사회 정의가 왜 이렇게 됐어, 어? 너 돈은 받고 일하고 있는 거야? (탁 자기 팔을 치며) 야, 여기 모기가 거의 잠자리만 하다. 너 대체 이런 데서 어떻게 지내는 거야? 자의에 의한 거 맞아?

손열매   하하하하하하하하하.

전 남친   나 월차까지 쓰고 여기 온 거다.

어처구니가 없어 웃자 전 남친은 서운한 기색을 냈다. 열매는 되게 고맙다고 답했다. 어색한 침묵이 흐르고 전 남친은 전략을 바꿔 완주 마을의 환경을 찬양하기 시작했다. 공기가 이렇게 좋은 데서 요양을 하다니 한편 생각하면 다행이라는 둥 그러니 목소리도 나아진 것 아니겠느냐는 둥 자기 의견을 피력하더니 두 사람 앞에서 꾹꾹거리는 새를 가리키며 "캬 여기 꿩이 다 있네"라고 감탄했다. 꿩이 아니라 멧비둘기라고 열매가 정정했다.

전 남친　　프로방스가 따로 없네. 이 풍경 좀 봐라, 이거. 이런 작물들 다 친환경 아니니? 저기 호박 열리는 것 좀 봐.

손열매　　오이.

전 남친　　아, 오이인가? (민망한 듯) 와, 저기 보리밭도 출렁대고.

손열매　　벼.

전 남친　　아 그래? 내가 아파트 키드라서…… (시무룩한 목소리) 근데 열매 너 날 전혀 반기질 않는다.

손열매　　진짜 왜 왔어? 연말에 수당으로 받으려고 월차도 안 쓰는 분께서 월차까지 쓰고. 수미 언니 주소야 문자로 보내도 되잖아.

전 남친　　이거 전해 주고 싶었어.

　　전 남친이 가방에서 뭔가를 주섬주섬 꺼내 내밀었다. 오디션 1차 합격증이었다. 열매가 꼭 하고 싶어서 기다렸던 애니메이션 「툰드라의 여왕」이었다. 열매는 갑자기 누군가 잠에서 흔들어 깨운 것처럼 놀랐다. 지원하지도 않은 1차 오디션은 어떻게 통과한 걸까? 잠꼬대가 심하

▶

더니 몽유병 환자처럼 잠결에 신청서를 썼나? 열매가 당황하자 전 남친은 칭찬을 바라는 강아지 같은 얼굴로 자기가 서류를 넣었다고 설명했다. 대학 때부터 연애한 둘은 서로에 관한 정보를 모두 공유하고 있었다. 사소하게는 이메일 주소나 주민 등록 번호에서부터 그동안 해 온 작업에 대한 자료까지. 대본을 함께 보며 대사를 맞췄던 수백 번의 밤이, 다음 날 출근할 그를 붙들고 점점 성의가 없어지는 리딩에 열심히 답해 가며 치러 온 그 많은 오디션이 떠올랐다. 십이 년은 긴 시간이었다.

전 남친	너 없이 여름을 맞으니까 이상했어. 뭐랄까, 내내 한기가 느껴졌어.
손열매	마흔 가까워서 그래. 영양제 챙겨 먹어.
전 남친	너 내가 운동 얼마나 열심히 하는지 알면서 무시하냥! (애교스러운 목소리) 이제 줄다리기 그만하자. 십이 년이면 법정 의무 교육만큼의 시간이야. 대한민국 국민이라면 누구나 초등 육 년, 중고등 육 년. 그 시간이 다 아무것도 아니라고 생각해? 고수미는 고소하고, 이만큼 쉬었으면 됐으니 정리하고 올라와서 오디션 준비해. 나도 이제 의무 교육 끝냈으니까 좀 더 고등한 인간이

될게. 우리 다시……

손열매　(서둘러 말을 끊으며) 오늘은 여기까지 얘기하자. 나 저녁 장사 준비해야 해. 이제 가.

전 남친　가라고? 나? 가?

손열매　그래, 가. 이렇게 갑자기 오는 거 그다지 기쁘지도 감동적이지도 않아. 나도 여기서의 내 생활이 있어, 아무것도 안 하고 있었던 거 아니야.

전 남친은 파라솔에서 일어나 차를 향해 저벅저벅 걸어가더니 되돌아왔다.

전 남친　다른 건 몰라도 오디션은 꼭 봤으면 좋겠다.

손열매　그래, 고맙다.

전 남친 표정은 진지했고 말투도 간곡했다. 한때 상상 속에서 젓갈이 되어 버리기도 한, 하지만 실제로는 열매의 꿈을 누구보다 잘 알고 있는 그의 얼굴을 열매는 찬찬히 바라보았다.

전 남친　우리가 보낸 십이 년 아무것도 아니지 않아.

손열매　아무것도 아니라고 퉁치지 않을게.

전 남친　　그래, 나도 고맙다.

　　자동차는 매점을 떠나 벼 머리가 넘실대는 논둑을 달려 마을을 벗어났다. 새하얀 여름볕이 내리꽂힌 자동차 보닛에서는 환영처럼 구불구불한 열기가 올라왔다. 그 뒤 열매는 매점 일을 하면서 자꾸 실수를 했다. 돈 계산을 틀리고 얼음이나 설탕 같은 재료들을 엎었다. 없는 쌍화차를 자꾸 찾는 중년의 등산객들과 싸웠고 설거지를 하다가는 컵을 깼다. 매점 구석에 앉아 유튜브를 보고 있던 양미가 참다못해 열매를 밀쳐 내고 뒷정리를 했다. 마음이 어디 가 있느냐고 툴툴대면서 열매 손가락에 밴드를 감아 주었다. 폐점한 뒤 열매는 택배를 들고 배우 정애라의 집으로 향했다. 그냥 방에 틀어박히고 싶었지만 같이 영화를 보기로 했기 때문에 어쩔 수 없었다.

　　밭둑을 지날 때마다 푸성귀들에 둘러싸여 일을 하던 노인들이 열매를 불러 알은체했다. 이틀에 한 번은 칼국수를 사러 오니까 끝자리 이백 원은 깎아 줘야 하는 어르신, 천 원짜리를 내고 자꾸 만 원짜리 내지 않았느냐고 물어서 돈 받을 때 조심해야 하는 어르신, 백 살 되기 전에 어디 가서 콱 죽어 버려야지 투덜대면서도 매일 아침 요거트를 사러 오는 어르신, 그리고 열매에게 회복식을 끓여다 준 닭장집 앞을 지나는데 마침 할머니와 마주쳤다.

할머니   어, 매점 아가씨, 잘 만났다. 나 이것 좀 읽어 줬
            으면 하는디.

파마 약에 머리카락이 노랗게 익은 할머니가 주머니
에서 종이를 꺼내 건넸다. 열매가 보니 이 주 뒤로 다가
온 주민 투표 안내문이었다. 열매가 그렇게 설명하자 할
머니는 그 건이면 더 말 안 해 줘도 된다고 고개를 외로
돌렸다.

할머니   유자는 이제 장사가 되니까는 안 떠날라고 하겠
            구먼?

손열매   전에는 떠나겠다고 하셨어요?

할머니   두말 않고 뜨고 싶어 했던 걸로 아는데, 염이야
            여기 안 살아도 하는 거니까. 그래두 이제 나랑
            색깔이 같아졌겠구먼.

손열매   어르신은 남고 싶으세요?

할머니   닭알 장사 속구구지. 여기 뜨면 할마시들 다 어
            디로 가겠어? 자석들이 아이구 어머니 하면서
            모셔 가나? 요양원 가서 감옥살이하겠지. 벌써

부터 그냥 예약들을 해 쌓는다는구만.

손열매 자식들 집으로 가실 수도 있죠.

할머니 자식들 집에 가면? 우리가 갑갑해서 아이고 어떻게 아파트에 살아? 집 밖 한번 나올래도 절차가 뭐 그리 복잡한지. 화딱지가 나서 벌써부터 가심이 벌렁벌렁하네.

도시가 어려운 건 손열매도 마찬가지였다. 서울이 좋아서 올라왔지만 내려갈 생각을 하지 않는 날이 없었다. 그렇다고 언제까지 이 마을에 살 것도 아니며 워낙 사람처럼 생긴 탓에 의식은 않고 있지만 외계인인지 내계인인지 존재조차 불확실한 어저귀에게 준 마음은 어떻게 할 것인가. 언젠가는 그 모든 것에 끝이 있겠지,라고 생각하면 당장이라도 열매는 사라지고 싶은 기분이었다. 한숨이 나왔다.

할머니 얼래, 새파랗게 젊은 아가씨가 땅이 꺼져라 한숨을 쉬어?

손열매 그냥 속이 좀 답답해서.

할머니 하기는 나도 그 나이에 완주산 날아갈 듯이 한숨을 쉬었어. 완주산 나무들은 내 한숨으로 저렇게 키가 큰 거여. 근데 그렇게 심각할 필요 없어. 인생은 독고다이, 혼자 심으로 가는 거야. 닭알도 있잖여? 지가 깨서 나오면 병아리, 남이 깨서 나오면 후라이라고 했어.

할머니는 바구니에서 계란을 꺼내 손열매의 천 가방에 넣어 주었다. 목에 좋게 꼭 날로 먹으라며 당부했고 열매는 열없이 웃어 보였다. 주민 투표는 부결되리라 보는 사람들이 대부분이었다. 원자잿값 상승에다 경기가 안 좋아져 개발사 측이 뜨뜻미지근하다는 소문이 돌았다. 용운 엄마도 장맛비에 뜯겨 나간 숫자판을 도로 달지 않고 있었다. 율리야는 어쩌면 자기 사촌이 전학을 올지 모른다며 기대하고 있었다.

기말고사가 끝나고 양미는 전학 수속을 마쳤다. 개발과 상관없이 부모는 더 이상 양미를 혼자 두지 않겠다고 결정했다. 그런 이후에도 양미는 여전히 학교 운동장에서 발견됐다. 혼자 운동장을 뱅글뱅글 돌며 달리기를 하다가 숨을 색색 쉬며 멈추고 먼 곳을 바라봤다. 자신을 가로막는 불행과 겨루어 보겠다는 그 날카로운 응시는 여름의 빛과 가장 닮아 있었다.

정애라네 집에 도착한 열매는 CCTV 앞에서 손을 휘

적휘적 흔들었다. 타인과의 교류를 원치 않는 그는 완공된 집으로 이사하자마자 건축가가 달아 놓은 초인종 전선을 잘라 버렸다고 했다. CCTV를 주시하고 있을 테니 손을 흔들면 된다고 알려 주었다.

얼마 지나지 않아 발소리가 들리더니 대문이 열렸다. 잔디 한 줄기 자랄 수 없게 콘크리트로 메워 버린 마당을 지나자 샤넬이 뛰쳐나와 꼬리를 흔들며 반겼다. 샤넬은 천사 날개가 달린 민소매 옷을 입고 있었다. 집 안으로 들어서자 고급 대리석 마루가 펼쳐졌고 벽면으로 배우의 대형 사진이 보였다. 영화제에서 트로피를 들고 있는 모습이었다. 그는 열매를 소파에 앉히고 준비한 음식과 와인을 차리기 시작했다. 열매가 들고 온 상자에서 살라미, 치즈, 올리브, 캐비아, 크래커를 꺼내 잘 데운 냉동 피자와 함께 놓았고 소스를 뿌린 지 오래돼 숨이 다 죽은 척척한 샐러드를 내왔다.

정애라　　　쿨하게 편하게 먹자고. 서로 권하고 덜어 주고 그런 한국식 허례허식 없이 심플하게.

정애라가 손가락을 들어 그렇게 당부하고는 먼저 음식을 덜었다. 프로젝터를 틀고 의견도 묻지 않고 영화를 골랐다. 열매가 영화 제목을 다 읽기도 전에 화면들이 휙 휙 지나갔다.

손열매	배우님은 왜 여기서 살기로 하셨어요?
정애라	글쎄, 토마토 좀 심어 볼까 하고?
손열매	음…… 혹시 페데리코 펠리니의 「길」?
정애라	맞아! 역시 자기가 있으니까 너무 좋다. 입에 거미줄 쳐지기 직전이었거든, 내가.
손열매	그런데 마당은 왜 다 덮어 버리셨어요?
정애라	같이 오기로 한 놈이 안 와서 도저히 관리가 안 되길래.

그는 크래커에 캐비아를 올려 와구와구 씹으며 리모컨을 돌렸다. 최근 개봉한 여러 한국 영화들이 재생되었다가 오 분도 안 돼 중단되었다. 영화는 시작하고 삼 분내에 결판나고 그 뒤는 시간 낭비라는 그의 기준 때문이었다. 어떤 영화는 오프닝이 못나게 길어서 어떤 영화는 불필요한 숏이 이 분 삼십 초 동안 줄줄이 소시지처럼 이어져서 어떤 영화는 배우가 대사를 너무 오물거려서 팍 꺼지고 말았다. 마치 찾아온 불청객을 박대하듯 정애라는 리모컨으로 영화에 정지를 먹이고 먹이고 또 먹였다.

보다 못한 열매는 한국 영화 말고 외화를 보자고 권했다. 정애라가 동의하며 열매에게 와인을 좀 더 꺼내 오라고 했다. 와인 냉장고 옆에는 정애라가 이미 해치운 와인병이 수북했다. 며칠에 걸려 마셨는지는 몰라도 아직 코르크 마개에 물기조차 마르지 않은 병이 수두룩했다. 그런데 외화들 역시 정애라의 독설과 재생 중단을 피하지는 못했다.

정애라   이건 뭐 오스카 너무 노리는 거 아니니, 예술병 걸린 영화과 대학원생 작품인가, 얼굴 늙는 건 어떻게 해도 몸 늙는 건 CG로도 안 된다니까. 제작비 일억 달러면 세계 기아도 퇴치할 수 있지 않나, 망작, 졸작, 재앙이야, 재앙. (신경질적인 한숨 소리)

그렇게 해서 화면을 꺼 버린 정애라는 고개를 숙이고 자기 홈드레스에 묻은 붉은 와인 얼룩을 시무룩하게 문질렀다. 두 시간 동안 본 것이라고는 수많은 영화 제작사의 심볼과 로고 송 그리고 이제 막 입을 열려고 하는 이야기의 도입부뿐이었다. 거실에는 온갖 가전제품들이 가동되는 소음만 계속됐다. 샤넬이 자면서 내는 새근새근하

는 숨소리가 아니라면 살풍경에 가까울 장면이었다. 이
윽고 열매가 먼저 말을 꺼냈다.

손열매   배우님, 영화 거의 안 보시죠?

정애라   (부인하며) 아니? 아니 사실은 맞아, 근데 안 보는
게 아니라 못 보는 거야. 옆에 사람이 있으면 좀
다를 줄 알았는데 안 그렇네. 사실 나 영화 볼 수
없음병에 걸린 지 오래야. 영화를 보려고 시도한
다, 영화를 볼 수 없다, 영화를 볼 수 없다는 사실
이 슬퍼진다, 와인을 마신다, 취한다, 잔다, 끝.

손열매   저 이거 들어 보실래요? 흠흠, 오랜만에 하니까
떨리네요. 후로로로로로, 히이야 각오해라. 기다
려 자기, 오늘 밤 사랑해 줄게. (울먹이듯이 그러나
장난하듯) 난 어떻게 될까요? 난 어떻게 될까요?
(노래) 칙 치키 붐 칙 치키 붐.

정애라   (박수 치며) 뭐야 자기, 나 우리 집에 짐 캐리 온 줄
알았잖아. 브라보다, 브라보.

손열매   저 어려서 할아버지한테 이런 거 들려주다가 성
우 됐잖아요.

정애라   할아버지가 은인이시네, 포텐을 터뜨려 준 셈이
잖아?

손열매	그럼 뭐 해요. 이제 못 하는데.
정애라	왜 그런 디프레스한 태도인지 이유를 좀 알 수 있을까?
손열매	저도 목소리 낼 수 없음병에 걸렸거든요. 곧 오디션이 있는데 너무 기다렸던 작품인데 1차도 어쨌든 통과했는데 오디션장에는 못 갈 것 같아요.
정애라	오디션장에 못 가는 게 어딨어? 송장 된 거 아니면 가는 게 오디션장 아니니?

손열매는 아무것도 재생되지 않는 스크린을 바라보며 자신의 두려움에 대해 고백했다. 카리스마도 없고 개성도 없고 주로 아이 역만 맡아 온 자기가 그런 대작을 할 수 있겠느냐고. 그런 힘이 있겠느냐고. 듣고 있던 정애라는 뭔가 말하려다가 손을 들어 이마를 짚었고 DVD가 꽂혀 있는 선반을 말없이 쏘아보다 영화 하나를 꺼내 왔다.

정애라	우리 이거 보자.

그건 '라 스트라다La Strada', 아까 얘기가 나온 페데리코 펠리니의 「길」이었다. 영화가 시작되자 주인공의 테마곡과 함께 흑백 화면이 등장했다. 필름 영화와 프로젝

터 비율이 맞지 않아 양 가에 검은 여백이 생겼다. 음향은 둔탁하고 현장음이 거의 소거된 후시 녹음은 답답하게 들렸지만 그 속에서도 주인공 젤소미나의 얼굴은 촛불처럼 또렷했다. 현장의 모든 빛은 젤소미나를 위해 있는 것 같았다. 영화가 시작한 지 오 분쯤 지나 열매는 힐끔 정애라를 쳐다봤다. 정애라는 여전히 리모컨을 들고 있었지만 손가락의 힘은 완전히 풀려 있었다. 만 리라에 팔린 젤소미나는 차력사 잠파노와 함께 유랑하면서 (영화 속 음성: 안녕하세요? 젤소미나 아가씨! 잠파노!) 굶주리고 버려지고 달아나고 화를 내고 울지만 (토마토를 심었어요! 토마토라니!) 사랑할 줄 몰라 '짖기만' 하는 잠파노를 먼저 떠나지 않는다. 끝날 때까지 둘은 영화의 빛과 어둠 속에 완전히 잠겨 있다가 나왔다.

정애라　　(젤소미나의 테마곡을 허밍한다) 자기는 젤소미나가 어떤 캐릭터라고 생각해?

손열매　　아이 같고 순수하고 불쌍하고 여리고.

정애라　　나는 한 번도 그렇게 생각해 본 적 없어. 젤소미나는 강한 캐릭터야. 무지와 관성이야말로 나약함인데 젤소미나는 영화의 어느 한 컷에서도 그렇게 존재한 적이 없어. 화내고 신기해하고 슬퍼

하고 부끄러워하고 용서받을 수 없는 죄 앞에서
는 자기 스스로를 던져 회개하지. 나는 힘 있는
역할을 해야 할 때마다 젤소미나를 떠올렸어.

손열매　　장녹수 때도?

정애라　　물론이지.

손열매　　킬러 역할 하셨을 때도?

정애라　　인간에 대해 알지 못하면 죽일 힘도 없을 거야.

　　손열매는 계란을 꺼내 톡 깨서 마셨고 배우에게도 건넸다. 그는 소파 테이블 위에 리모컨을 올려놓으며 대문은 그냥 힘껏 밀어서 닫고 가면 된다는 말로 배웅을 대신했다.

　　열매는 집 밖으로 나와 매점을 향해 걸었다. 공기를 들이마시는데 설핏 매운 기가 맡아졌다. 오랜만에 술을 너무 많이 마신 건가, 생각하며 열매는 층층 계단을 이룬 넓은 호박잎들을 애틋하게 바라보았다. 옥수수 잎사귀들 위에서 청개구리가 울었다. 그때 저편에서 아주 옅은 빛들이 다가왔다. (빛의 효과음) 반딧불이인가. 열매가 잡아보려고 손을 펼쳤지만 그건 눈송이처럼 닿자마자 사라졌다. 열매가 걸을 때마다 더 많고 반짝이는 빛들이 바람을 타고 왔고 언뜻 그것은 어둠 속 별빛처럼도 보였다. 열매는 그 빛들을 거슬러 계속 걸었다. 어저귀가 보고 싶다고 생각하며 걸었다. 그리고 오디션도 보고 싶다, 할아버지도 보고 싶다. 밤의 논둑길을 혼자 걷는 데는 그 모든 게 필요했고 이번만은 외로움 때문만은 아니다.

그때 열기를 가지고 있는 무언가가 열매의 얼굴을 스쳐 갔고 이어서 불씨가, 연기가, 놀란 새들과 최종적으로는 붉은 뺨처럼 부풀어 오른 완주산의 밤하늘이 눈에 들어왔다. 열매의 걸음보다 잿빛 연기가 불어나고 번지는 속도가 더 빨랐다. 열매는 가방을 집어 던지고 달렸다.

손열매　　(소리치며) 어저귀! 강동경!

마을 스피커에서는 사이렌이 울렸고 산으로 들어서는 열매를 마을 사람이 잡았다.

손열매　　어저귀는요? 어저귀는 나왔어요?
마을 사람　　불났는데 어디를 가려는 거여? 내려왔겠지, 피했겠지.

손열매는 그를 밀쳐 내고 등산로를 달렸다. 연기는 마치 물처럼 산의 내부를 흐르고 있었다. 목구멍이 뜨겁고 눈이 매워서 손열매는 거의 볼 수 없었다. 그리고 어딘가에 걸려 넘어졌다. 완주 나무는 이미 불길에 휩싸여 있었다. 아무리 어저귀를 불러도 가능한 한 영원히 있겠다던 어저귀에게서는 응답이 없었다. 열풍에 흔들리며 나무들이 점차 다가오는 불길을 바라보고 있었다.

완주 마을에서의 여름이 끝나는 음악, 시간과 공간이 완전히 바뀐다. 경의중앙선의 풍경이 반복된다. 열매는 다시 서울로 돌아가는 중이다. 처음 완주 마을로 왔을 때와 어쩌면 인생은 다를 바 없지만 어쩌면 모든 것이 달라졌다.

열매는 경의중앙선에서 내려 코인 로커에 짐을 보관하고 지하도를 건너 골목 계단으로 올라갔다. 갈수록 경사는 가파라졌고 열매의 숨도 가빠졌다. 계단을 오르면서는 수를 세 보았다. 백서른일곱 개였다. 백서른일곱 개라는 것이 의미가 있는지는 모르겠지만 열매는 백서른일곱 개인데 가지 말까 생각했다. 하지만 가야 끝나는 일이었다. 인터넷 지도는 계단 끝에서 멈췄고 열매는 가로등에 붙어 있는 주소를 확인했다. 광서운로23-1 47번길. 적

벽돌 담장 앞에 한참을 서 있다가 이윽고 벨을 눌렀다. 응답은 없었다. 열매는 안으로 들어가 현관문을 두드렸다. 점점 빠르게 크게 두드렸다.

고수미   누구세요?

손열매   (한숨을 쉬며) 나야, 문 열어.

손열매는 문이 열리면 보게 될 고수미의 얼굴에 긴장을 느끼며 답했다. 어쩌면 문을 열지 않을지도 모른다고 생각했다. 그러면 경찰을 불러야 할까. 언제까지 여기서 대치해야 할까. 하지만 딸각 잠금쇠 돌아가는 소리가 나더니 문이 활짝 열렸다. 고수미는 조금 말라 있었고 얼굴이 백지장처럼 하얬다. 열매는 신발장 없는 현관에 뒤엉켜 있는 고수미의 신발들을 먼저 내려다보았다. 같이 살 때 언제나 치우라고 잔소리 듣는 건 고수미가 아니라 열매였다. 고수미는 열매를 반갑게 맞았다. 마치 아침에 나갔다 돌아온 열매를 맞는 것처럼.

고수미   오랜만이네. 얼른 들어와 얼른.

예상했던 실랑이가 벌어지지 않자 도리어 열매는 불

안을 느꼈다. 주저하며 서 있자 수미가 열매의 팔을 안으로 잡아당겼다. 열매가 들어가고 현관문은 조용히 닫혔다. 집 안은 어둡고 캄캄했다. 창마다 쳐진 암막 커튼 때문이었다.

고수미	우리 얼마 만이니? 너가 완평에 있다는 소식은 들었어.
손열매	들었다고? 누구한테?
고수미	그걸 꼭 말해야 되니, 내가 거기 아는 사람이 얼만데.
손열매	아는데도 안 온 거야? 아니면 알아서 안 온 거야?
고수미	잠깐만, 나 십 분만 하던 일 좀 할게.

　손열매가 따지자 수미는 답을 피하고는 책상으로 가서 세 개의 모니터를 체크해 가며 키보드를 두드렸다. 모니터 중 하나는 단체 채팅방이었고 거기에는 단타로 치고 빠지라든가, 홀딩은 메이저만 하는 게 좋다든가, 구조대를 기다려 보라든가 하는 얘기가 오갔다. 코인방인 것 같았다. 열매는 그런 대화를 읽어 가며 바쁘게 마우스를 움직이는 수미의 뒷모습을 바라보았다. 빛을 차단한 방에서는 모니터들만 환했고 수미의 모습은 아주 절망적으

로 검었다. 벌건 기름이 묻어 있는 배달 음식 용기, 물 먹으러 일어서는 시간도 아까운지 발 옆에 가져다 둔 1.5리터짜리 생수병, 개수대에 수북히 쌓여 있는 빈 그릇과 수저. 손열매는 설거지를 하려고 고무장갑을 꼈다가 거기에 검은곰팡이가 피어 있는 것을 보고 뭔가 치밀어 오르는 것을 참듯 입술을 꽉 물었다. 울고 싶은 건지 화를 내고 싶은 건지 불분명했다. 수돗물을 틀자 수미가 안 나올 거라고 태연하게 말했다. 고장 신고를 했어야 했는데 자기가 너무 바빠 못 했다고.

손열매	뭐 하느라 바쁜데?
고수미	돈 벌어야지. 돈 벌어서 우리 열매 돈 갚아야지.
손열매	무슨 수로 돈을 갚을 건데? 주식 해서? 코인 해서? 그걸로 망한 사람이 그걸로 일어설 수 있어?
고수미	너 언니 못 믿니? 아, 오늘 장은 틱띠기만 하다가 끝났네.

열매는 날파리들이 떨어져 죽어 있는 오물을 치우고 그릇들을 행주로 닦았다. 고수미가 부엌으로 나왔고 열매는 그릇을 놓고 뒤돌아 마주 보았다. 수미는 열매가 알던 수미가 아니었다. 뭔가가 빠져나가 있었다. 수미가 소

중하게 생각했던 어떤 것이 있다면 다 시들어 버린 듯했다. 열매는 "정정당당하지 않은 게 문제예요"라고 말하던 어린 수미의 목소리가 생각나 어금니를 꽉 깨물었다. 그런 감상적인 생각들은 아무것도 해결하지 못한다. 죽은 어저귀도 살릴 수 없고 죽어 가고 있는 수미 엄마도 살릴 수 없고 살아 있는 것이 아니라 살아 있는 형태를 흉내 내고 있는 수미에게서 수미를 되찾을 수도 없을 것이다. 열매가 나가서 얘기하자고 하자 수미는 난색을 표했다. 외국 주식 시장이 열릴 시간이라 바로 컴퓨터 앞에 앉아야 한다고.

손열매　　나 지금 룸메이트 손열매로 와 있는 거 아니야. 채권자로 와 있는 거야, 채권자. 그렇게 경제 활동에 몰입 중이니 그게 뭔지쯤은 알겠지? 나와.

　　수미는 방으로 들어가 재킷으로 갈아입고 구두를 신었다. 문밖으로 나갈 때는 그래도 고수미여야 하는구나 생각하면서 손열매는 무언가에게 더 화가 났다. 다시 골목 계단 백서른일곱 개를 내려올 때까지 둘은 대화가 없었다. 말없이 골목 어귀의 소공원으로 들어갔다. 바닥에는 지난여름을 증거하듯 매미들이 떨어져 죽어 있었고 개미들이 그중 하나를 옮기는 중이었다. 둘은 벤치에 앉아 정신없이 불어닥치는 바람을 맞았다. 태풍이 예보되어 있었고 그건 가을이 왔다는 증거였다. 여름 태풍보다 가을 태풍이 더 무섭다고 당부하던 사람이 양계장 할머니였던가, 이장이었던가. 수확을 얻기 직전의 마지막 위기, 그렇다면 지금도 그래서 모든 것이 어둡게 느껴질까. 그러기를 바라며 열매는 천천히 입을 뗐다.

산불은 자연 발화가 아니었고 범인은 정애라네 집 CCTV를 통해 쉽게 지목됐다. 차에서 형광빛 스니커즈가 내리고 곧이어 몇몇 사람들이 산속으로 들어갔으며 그로부터 얼마 지나지 않아 발화가 시작됐기 때문이었다. 하지만 증거는 없었다. 불난 산에는 공사 허가가 쉽게 나기에 그런 일을 벌였다고 주민들이 입을 모았지만 증거는 없었다. 어둠 속 그들은 폐양조장을 살피러 들어간 것뿐이라고 했고 경찰에서는 어차피 많은 산불들이 방화범을 찾지 못한 채 끝난다며 수사 의지가 없었다. 그래도 농가까지 번지지는 않은 걸 다행으로 알자고, 나라에서 복구 비용은 나올 거라고. 구 회장은 그 뒤로도 뻔뻔하게 마을에 나타났다.

구 회장　　　천지는 인자하지 않아서 만물을 짚으로 만든 개로 여긴다는 노자 말이 있어요. 천재지변을 어떻게 할 거야, 매년 봄가을마다 산불로 여름에는 물난리에 고생 말고 땅들 팔아요.

양계장　　노자가 뭐 하는 사람인지는 모르겠지만은 나를
할머니　　개 새끼로 보든 닭 새끼로 보든 땅을 팔 날은 없
　　　　　　을 것이여. 애고, 지 할머니가 길하라고 대길이
　　　　　　라고 이름 붙여 키웠더니 어디서 다 말아먹고 사
　　　　　　라졌다 나타나서 요사스럽게 이 사달을 일으켜?
　　　　　　이놈아, 니 할머니를 눈곱만큼이라도 생각하면
　　　　　　마을에 이 헷지랄은 못 헐 것이다. 계란 던지기
　　　　　　도 아까운 놈아.

할머니가 달려들어 구 회장을 때리려고 하자 주위에서 어구구 하면서 말리는 소리.

　화재 당시 어저귀가 공소에 있었는지는 밝혀지지 않았다. 수사를 부탁하고 싶어도 주민 등록이 안 되어 있더라고 이장이 한탄했다.

이장　　　건물 주소지도 없고 어떻게 된 게 호적도 없을
　　　　　　수가 있느냐고. 그게 안 되어 있으면 안 되어 있

다고 나한테 말을 했어야지. 말했으면 만들어 줬지. 으휴 이놈아, 에이구 어저귀야, 어저귀. 그래도 뼈 하나 없다니까 거기 없었다고 봐야지? 없었을 거야, 없어야 된다고. 이게 무신 일이여, 내가 이놈의 이장질을 그만둬야지. 증말 마을이 흉흉한 거는 다 지도자 잘못 아닌가. 내 결자해지의 심정으로다가 이놈의 골프장 건을 매듭져 버리고 여기를 콱 떠나든가 해야겠네.

하지만 완주 나무가 완전히 불탔으므로 더 이상 어저귀는 돌아올 수 없을 것이다. 완주 나무가 항상 출발점이었으니까. 부존재의 상태가 그칠 수 없는 것이다.

고수미   너 그걸 믿니? 외계인이 세상에 어딨어?

손열매   (발끈하며) 나 다 읽고 라디오도 들었어. 어린 언니의 진심들.

고수미   그거 다 거짓말이야. 상품 타고 싶어서 지어낸 거라고.

손열매   상처를 피하고 싶어서 애쓰는 마음 알겠지만 지금 그 말이 거짓말인 것 같아.

열매는 고개를 외로 돌렸다. 그리고 어디서 날아왔는지 공중을 허망하게 나는 비닐봉지를 시선으로 따랐다. 떠나기 전 열매는 병원에서 걸려 온 전화를 받았다. 보호자 되시나요? 하며 말을 꺼낸 그 간호사는 예약되어 있는 모든 검사에 수미 엄마가 오지 않았다고 알려 주었다. 수미 엄마가 치료를 거부하고 있는데 재발의 경우 암세포 진행이 빨라서 서둘러야 하니 어머님을 잘 설득해 보라고. 내내 냉소하던 고수미도 엄마 소식에는 긴장하는 듯했다.

고수미	어떻게 설득해?
손열매	그걸 지금 말이라고 해? 어떻게든 데려가야지. 사람 살리는 데 관심 없는 사람에게는 마음 쓰지 말라고 한 게 언니 아니었어? 그러면 사람 살리는 데 관심 있는 사람한테는 마음을 써야 하잖아.
고수미	우리 엄마가 그런 사람이야? 우리 엄마 직업 모르니? 죽은 사람으로 장사하는 사람이 무슨 누구를 살려?
손열매	나, 나는 적어도 여름 동안 언니네 어머니 덕분에 살았어.
고수미	그래, 너는 거기서 나랑 다르더라. 너가 있는 거

어떻게 알았냐고? 내려갔었거든. 마치 잃어버렸
던 퍼즐 조각 하나처럼 완전히 맞춰진 것처럼 평
화롭더라고, 나는 내내 괴로웠던 합동 장의사에
서 말이야.

손열매　　거기까지 와서 그냥 갔어?

고수미　　그래.

손열매　　어떻게 그래?

고수미　　그럼 내가 어떻게 거길 들어가? 이렇게 실패해
　　　　　서 어떻게 너랑 엄마 앞에 나타나 내가?

누군가 자동차 경적을 크게 울리며 지나갔다. 소공원
에 들어온 한 무리의 아이들이 공을 서로 빼앗으려고 싸
우며 달려 나갔다. 잠자리가 투명한 날개로 쓰레기통 위
에서 마치 정지된 것처럼 날고 있었다. 손열매는 주머니
에서 구 회장 아들이 건넨 명함을 꺼냈다. 전해 주고 싶
지 않았지만 그러겠다고 했으니 어쩔 수 없이 건네는 것
이었다. 수미는 그걸 받더니 명함만 봐도 이 바닥의 흔한
사기꾼 명함이네, 하며 구겼다.

손열매　　그러니까 언니가 가서 도와줘. 거기 젊은 사람
　　　　　도 거의 없고 군청에서도 전혀 협조적이지 않아.

산, 산도 그렇게 됐고. 언젠가부터 작은 방에 자기 들어갈 관까지 마련하고 계셨던 거 알아? 그 관을 방에 넣어 놓고 혼자 아픈 몸으로 살아야 하는 엄마를 외면하는 건 내가 아는 수미 언니라면 하지 않을 일이야. 적어도 내게는 그래.

열매는 자리에서 일어났고 망설이다 손을 내밀었다. 수미가 열매를 올려다보며 그 손을 마주 잡았다.

손열매　　빚은 그대로이지만 잊고 있을게. 난 날 살려 준 누군가에게는 원망보다는 고마움을 표해야 한다고 생각하니까.

고수미　　……어저귀에 대한 내 말은 신경 쓰지 마.

손열매　　신경 쓰지 않으면?

고수미　　그냥…… 네 경험을 믿어.

손열매　　언니, (간격을 두고) 우리 다음에 만나면 아이에 두닷 도닷인가? 바도키? (힌디어로 해보려다가 포기하며, 약간 유머가 들어가는 부분) 슬픈 얘기는 하지 말자.

다시 전철을 타고 나온 열매는 미리 알아본 집으로

들어갔다. 집주인은 짐이 이것뿐이냐며 놀랐다. 지금 다시 찾으러 갈 거라고 답하고 열매는 방 안을 둘러보았다. 처음 열매가 서울로 올라왔을 때처럼 좁고 어두운 방이었다. 보관 창고로 간 열매는 육 개월간의 보관료를 지불하고 짐을 찾았다. 혼자 들고 갈 수 없어서 부탁했더니 친구가 승합차를 가지고 오겠다고 했다. 차가 막혀 열매는 보도에 서서 한참을 기다렸다. 돌아온 지 얼마 되지도 않았는데 떠났던 시간이 처음부터 없었던 것처럼 낯설지도 어색하지도 않았다. 시끄럽고 더럽고 복잡하고 모두가 바쁜 그대로였다.

손열매   (독백) 어저귀 너는 뭐였어. 아니, 너는 뭐가 아니었어? 외계인도 아니고 냄새 분자로만 밥을 먹으니 지구인도 아니고 하늘을 나는 대신 택시를 이용한다고 하니 슈퍼히어로도 아니고 인류애를 잃었다니 천사도 아니고, 대체 뭐였어? 난 누굴 사랑했어?

그때 저건 짐승이여 괴물이여, 외계인이여 하던 할아버지 말이 생각났고 열매는 가방을 뒤적여 「마스크」 비디오테이프를 꺼내 흔들어 보았다. 무언가 달각거렸다.

손열매   뭐야, 수첩이잖아.

　그 안에 든 건 꿈속 할아버지 말대로 비디오테이프가 아니었다. 수첩 첫 장을 넘기자 사람들 얼굴과 삐뚤빼뚤 적은 번호가 있었다. 낙서인가 생각하며 다시 넘기자 사람들 얼굴과 번호가 이어졌다. 누구는 눈 밑에 점이 있었고 누구는 코가 컸고 누구는 턱이 나붓했다.

　열매는 수첩을 한 장 한 장 넘겼다. 한글을 몰랐던 할아버지가 사람들 번호를 기록하기 위해 그려 놓은 그 얼굴들을 찬찬히 읽어 내려갔다. 문득 비디오 가게 이름을 지을 때 식구들이 다들 시큰둥했던 기억이 났다. 「창세기」가 대체 영화와 무슨 상관 있느냐는 거였다.

할아버지   「창세기」에 나오는 보시니 좋았다는 말도 모르냐 이놈들아. 세상 만물 모두가 예쁘다 하시는데 유식하고 유명한 사람들이 애써 만든 영화는 또 얼마나 좋아하시겠냐.

　열매는 수첩을 소중히 접어 주머니에 넣고 머리를 풀어 다시 짱짱하게 묶었다. 열매도 할아버지의 부득이한 사정이 '창조'한 그 많은 마스크들을 보니 좋았다. 눈물

겹게 좋았다. 여름을 완주하고 이제 잎 색을 바꾼 나무가 그런 열매 위로 밤공기를 사뿐히 내려놓았다.

새롭게 전환하는 음악.

스태프　　　자,「툰드라의 여왕」오디션 번호 14번 손열매 씨, 준비되시면 시작하십시오.

손열매　　　…….(자신 없고 불안한 호흡)

스태프　　　손열매 씨.

손열매　　　네! 네…….(시작하려는 호흡 소리. 그러다 시간의 경과를 나타내는 효과음. 다른 오디션장에서의 명랑하고 힘 있는 열매의 목소리) 손열매 시작하겠습니다.「에테와 주앙의 신나는 세계 여행」신 번호 24 에테 회상 신.

자크 프레베르의「장례식장에 가는 달팽이들의 노래」. 원래는 시이지만 여기서는 아이들에게 이야기를 해 주듯 읽는다.

　죽은 나뭇잎의 장례식에
　두 마리 달팽이가 조문하러 길을 떠났어
　검은 색깔의 껍데기 옷을 입고

▶

뿔 주위에는 검은 헝겊을 두른 차림이었어

그들이 길 떠난 시간은

어느 맑은 가을날 저녁이었지

너무 느려서 도착했을 때는

이미 봄이었어

죽었던 나뭇잎들은

모두 부활해서

두 마리 달팽이는

너무나 실망했단다

하지만 해님이 나타나

그들에게 이렇게 말했어

괜찮으시다면 정말 괜찮으시다면

여기 앉아서

맥주 한잔 드세요

혹시 생각이 있다면

정말 그럴 생각이 있다면

파리로 가는 버스도 타 보시지요

오늘 저녁 떠나는 버스가 있거든요

여기저기 구경할 수 있어요

하지만 이제 상복은 벗으세요

내가 꼭 당부하고 싶은 말이에요

상복은 눈의 흰자위를 검은빛으로 만들고
우선 인상을 보기 싫게 하거든요
죽음의 사연들은 무엇이든
아름답지 않고 슬픈 법이지요
당신들에게 맞는 색깔
삶의 색깔을 다시 입으세요
그러자 모든 동물
나무와 식물이 노래 부르기 시작했어
목이 터져라 노래했어
살아 있는 진짜 노래를
여름의 노래를 불렀어
그리고 모두들 마시고
모두들 건배했지
아주 아름다운 밤
여름밤이었어
그러고 나서 달팽이 두 마리는
집으로 돌아갔어
집으로 돌아가면서 그들은 아주 감동했어
집으로 돌아가면서 그들은 아주 행복했어
술을 너무 많이 마신 탓인지

버스 안으로 갑작스럽게 이동. 일을 끝낸 열매가 버스에서 또 졸고 있는 사이 할아버지가 꿈속으로 찾아온다. 둘은 창세기 비디오에 있다.

할아버지 아이고, 이러다 버스에 홍수 나것다. 열매 니는 침을 왜 이리 많이 흘리는 겨?

손열매 (반기며) 할아부지, 우리 할아부지 손춘삼 씨 아녀. 나는 꿈에 하도 안 나타나서 어디 좋은 데 간 줄 알았네.

할아버지 개똥밭에 굴러도 이승이 낫다고, 그 좋은 데 떠나와서 더 좋은 디가 어디 있었어.

손열매 나 할아부지 수첩 봤네.

할아버지 무슨 수첩을 봤다 그랴? 내가 꼭 남겨 주고 싶어서 거기 숨겨 놓은 것처럼 말하고 그러네, 야가.

손열매 대대손손 간직할 겨. 얼굴 하나하나가 예술품이던디?

할아버지 아이구, 애가 귀 간지러운 소리를 하고 있어. 그런 건 똑똑한 사람이나 하는 거지. 물론 이 할애비가 핵교만 잘 다녔으면 한가닥 하긴 했을 겨. 그건 부인헐 수 없는 사실이여. 그란디 열매 니는 왜 이렇게 마른 겨? 누가 밥 먹고 나오다 보면 들어다 이 쑤시려고 하겄다. 일 년에 서너븐 겨우겨우 제삿밥 먹으며 사는 나보다 더 말랐는디.

손열매   할아부지, 나 사랑을 잃었네.

할아버지   사람을 잃었어? 워떤 놈이 너를 차부렀어? 며감
댕이(모가지)를 비틀어 젓갈을 당글 놈이네. 언
놈이 내뺐어? 내가 그놈 앞에 나타나서 심장 마
비를 걸리게 해 버릴 테니께.

손열매   사람이 아니고 사랑을 잃었다고, 사랑.

할아버지   사랑? 이, 사랑은 잃는 게 아니여. 내가 내 맘속
에 지어 놓은 걸 어떻게 잃어?

손열매   눈앞에서 사라졌는디 그기 잃은 게 아니면 뭐여,
인자 찾을 수도 없은께 괜히 위로하지 말어.

할아버지   위로고 아래로고 간 빼 먹으려는 자라가 그리 용
을 써 봤자 못 가져가는 게 토 선생 간이고 마음
인 겨.

손열매   암만 찾아도 읎는디 영영 이별이지 우째 아니여.
그런 개갈 안 나는 말은 하지도 말어.

할아버지   얼라리요. 개갈 안 나는 말이 뭐여, 개갈이 나는
말이지.

손열매   아니여, 개갈 안 나는 말이여, 잃은 건 잃은 거여.

할아버지   열매야, 두 정거장 가문 이제 집이니께 슬슬 인
나서 힘차게 가라 응?

▶

하지만 손열매는 눈을 감은 채 창가에 몸을 기대고 있었다. 뭔가를 기다리는 간절함이 마음을 차게 쓸고 갔다. 뭔가 다른 것, 완평을 찾아간 그 봄처럼 완전히 다른 방식으로 진실된 것. 완주 나무도 없고 숲의 친교도 느껴지지 않는 이 도시에도 가끔은 그런 기적이 일어나도 되지 않을까. 그때 버스 기사가 길게 하품하며 차창을 열었고 낙엽들이 날려 들어왔다. 몇 장의 잎일 뿐인데도 버스 안은 갑자기 나무 향으로 꽉 채워졌다. 열매는 마치 숲에 앉아 있는 것 같다고 생각했다. 이렇게라도 완주에 이를 수 있다면 꿈에서 깨고 싶지 않다고 바랐을 때 어떤 익숙한 손길이 열매의 팔을 잡고 가만히 흔들어 깨웠다.

다시 시가 이어진다.

손열매   그들은 조금씩 비틀거렸어

하지만 하늘 높은 곳에서

달님이 그들을 보살펴 주었네

(천천히, 여운을 주며)

하지만 하늘 높은 곳에서

달님이 그들을 보살펴 주었네

작가의 말

여름을 옮겨 온다는 기쁨

▶

작가는 자신을 가장 현명하게 열어젖히는 사람일 것이다. 그렇게 개방된 작가의 삶, 마음, 감정들은 스스로도 알 수 없는 경로를 통해 소설의 모든 것과 결합하고 최종적으로는 전혀 다른 세계가 된다. "그러니까 완전히 다른 방식으로 진실된 것." 하지만 나는 최근에 진실을 좇는 일은 끝없는 공회전 속으로 들어가는 것이며 그보다는 진리를 찾아야 한다는 충고를 책에서 읽었다. 거짓 없는 사실, 완전한 올바름, 그것은 때로 삶을 수렴하기에 너무 옹색하다. 그보다는 더 수용적이고 오래고 성긴 것이 필요하다. 이를테면 우리가 알아채기도 전에 서로의 어깨 위로 내려앉는 여름의 방문 같은 것.

2022년 6월, 나는 조금 특별한 방식의 소설을 제안받았고 듣자마자 해 보겠다고 나섰다. 대신 나는 글자가 아니라 '소리'로 독서하는 분들과의 대화를 주선해 달라고 제안자에게 다시 '제안'했다. 『첫 여름, 완주』는 그렇게 이루어진 시각 장애인분들과의 만남 덕분에 가능했다. 정기적으로 모여 독서 모임을 갖는 그분들과의 대화가 끝나고 나는 '스릴'과 '자연'이라는 두 단어를 간직한 채 거리로 나섰다. 벅찬 마음이었다.

하지만 결과적으로 나는 잘 전달해 낸 것일까. 수상스키를 타 본 경험을 이야기하던 분의 여름, 앞을 막는 것

없이 물결을 타고 전진해 나가던 고양된 마음과 이 작품은 닮아 있을까. 대화 말미에 긴 시간을 들여 이야기 나눈 풍경, 어린 시절 타고 놀았던 나무와 계절마다 느끼는 바람과 기온의 변화, 그리운 태양 빛 같은 것을 온전히 그려냈을까. '이미지'가 아니라 '소리'로 건너가는 전환들, 서술보다는 실제에 가까운 '대화'로 이동하는 플롯, 머릿속에 풀씨처럼 떠오르던 구상들을 제대로 옮겼을까.

많은 생각이 들지만 여기까지가 나의 완주다. 그리고 그것이 '부족한' 완주라 하더라도 아쉽지 않고 기쁘다. 책 작업을 하는 동안 나는 "완전히 다른 방식으로 진실된" 상태에 대해 생각하게 되었으므로.

십 대 시절 내내 비디오 가게를 들락거리며 살았던 나는 그때까지만 해도 '영화 마니아'라고 할 수 있었다. 영화 잡지에 공들여 엽서를 보내고 심지어 할리우드 배우에게 국제 편지를 쓰기도 했다. 『첫 여름, 완주』에는 그렇게 창조된 세계 속에서 마냥 행복했던 내 모습이 들어가 있다. 소설 속 인물들을 연기한 배우분들의 목소리를 들으며 내가 놓쳤을지 모를 말의 실감을 채워 넣을 때 그래서 즐거웠고 그 세계에 대한 변함없는 존경을 느꼈다.

부디 『첫 여름, 완주』의 손열매가, 거듭해서 다시 태어나 '최초의 인간'으로서의 직무를 수행해 내는 어저귀가, 삶과 죽음이 '합동'되어 있는 완주 마을 매점이, 더 이상 슬픈 얘기는 하지 않기로 한 아이들과 각자 생을 완주하려는 마을의 모든 이들이 그리고 창세기 비디오가 들고 읽는 사람들의 마음속으로 부드럽게 안착했으면 좋겠다.

　『첫 여름, 완주』에 참여해 주신 배우분들과 아티스트분들, 추천사를 써 주신 아이유 님과 신형철 평론가님께 감사의 마음을 전한다.
　이 기획을 상상해 낸 박정민 대표와 출판사 무제, 권은경 편집자님께도 고마움을 전한다. 언젠가 박정민 대표는 왜 제안을 받아들였느냐고 물은 적이 있다. 아직 답할 기회가 없었지만 그건 아주 단순한 이유에서였다. 듣는 순간 떠오른 '이야기'가 있었기 때문에. 오랜 시간 따라 읽어 주시는 독자분들께 사랑을 전한다.

아무도 슬퍼하지 않는 여름을 기도하며

김금희

일러두기

▶

소설에 등장하는 완평과 완주 마을은 허구의 공간이다.

소설 속 라디오 프로그램 'FM음악도시' 대사는 실제
녹음본을 참고하기는 했으나 완전히 허구다.

완주 나무의 형상화는 수잔 시마드, 『어머니 나무를
찾아서』, 김다히 옮김(사이언스북스, 2023)으로부터 도움을
받았다.

본문 208면 이하에 인용된 자크 프레베르의 시 「장례식장에
가는 달팽이들의 노래Chanson des escargots qui vont à
l'enterrement」는 오생근이 번역하고 해설한 『프랑스 현대 시
155편 깊이 읽기 2』(문학과지성사, 2023)를 사용했다. 낭독을
위해 원뜻을 훼손하지 않는 선에서 문장의 어미와 일부
표현을 바꾸었으며 출판사와 저자의 허락을 받았다.

(예: 상장 → 검은 헝겊)

추천의 말

▶

오래된 이론이지만 노스럽 프라이에 따르면 네 개의 원형적 장르가 있다. 긍정적 변화인 '희극'과 부정적 변화인 '비극', 이상에 대한 추구인 '로망스'와 현실에 대한 직시인 '아이러니'. 김금희 소설의 특별한 균형 감각은 이번 소설에서도 여전해서 그는 이야기라는 다면체의 무게 중심이라고 할 만한 바로 그 지점으로 우릴 데려간다.

손열매가 배신감과 궁핍함이 겹쳐 우울증을 앓다가 완주로 떠날 때 우리는 힐링의 희극을 예상하고 소망한다. 그러나 과거에 큰 재난을 겪었고 이젠 개발을 둘러싼 갈등에 시달리는 그곳은 청정 구역이 아닌데 그래도 거기엔 강동경('어저귀')이 있다. 못 하는 일도 없고 안 하는 일도 없는 슈퍼히어로로 같지만 실은 그 패러디라고 해야 할 인물인데 왜냐하면 그는 가장 '사람다운' 사람이기 때문이다. 현실의 압력 때문에 그가 대변하는 이상이 퇴장하고 말 때에도 우리는 손열매가 제 삶을 비극으로 끝내지 않으리란 걸 의심치 않는다. 손열매가 강동경을 통해 경험한 것은 그저 연애이기만 한 게 아니라 일종의 회복임을, 그것이 어떤 '동경'의 '열매'임을 알기 때문이다. 그 동경 혹은 열매란 "살아 있는 것들이 살아 있는 것들을 돕고 싶어 하는 마음"이다.

프라이는 위의 네 장르를 각기 사계절에 매칭하기도

했던가. 제목 그대로 이 소설이 다루는 건 여름이지만 우리는 사계절을 다 경험한 것 같다고 느낀다. 사계절, 그러니까 인생이라는 다면체의 다른 이름 말이다.

— 신형철(문학 평론가)

『첫 여름, 완주』는 시작과 동시에 높은 채도의 개성 넘치는 문체와, 드라마와도 같은 친절한 호흡으로 등장인물들을 눈 깜짝할 새에 독자에게 소개한다. 그 속도와 리듬감은 흡사 영화 「마스크」 속 스탠리 입키스, 그러니까 짐 캐리의 춤을 연상케 한다.

춤추듯 완주 마을로 따라가 보니, 그곳에는 뻔뻔하면서도 어딘가 미스터리한 매력을 풍기는 마을 사람들이 그들만의 방식으로 마을과 숲을 지키고 있다. 동시에 그들은 나무와 꿀벌을, 비밀을, 그리고 자기 자신을 지키며 살아가고 있다.

'픽픽' 웃음이 나면서도 어쩐지 마음 한구석 슬프지

않은 장면이 하나도 없다. 반대로 나뭇잎 한 장에도, 라디오에서 흘러나오는 고(故) 신해철 선배의 유쾌한 대사 한 줄에조차도 필연 같은 슬픔이 서려 있지만, 어저귀의 숲에 취하기라도 한 건지 희한하게도 자꾸 '흥흥' 웃음이 난다.

이끄는 곳마다
왱왱 꿀벌 소리와
보드라운 흙냄새와
억센 풀 냄새가 진동하는
완평에서의 걸음걸음.

방황이라는 레이스를 씩씩하게 '완주'해 가는 우리의 손열매.
그녀의 보폭을 따라 골목대장처럼 그 여름의 목적을 찾으러 다니다가 그만.

그 밤 그 숲에서,
영원의 신비(어쩌면 슬픔)를 느끼고 말았다.

– 아이유(가수)

듣는 소설. 001

첫 여름, 완주

ⓒ 김금희, 2025

발행일 초판 1쇄 2025년 5월 8일
초판 19쇄 2025년 7월 11일

지은이 김금희
펴낸이 박정민
편집 권은경
디자인 studio gomin

펴낸곳 출판사 무제
출판등록 2019년 11월 1일 제2019-000294호
이메일 muzepublish@gmail.com
인스타그램 @booksmuze

ISBN 979-11-972219-8-9 03810

『첫 여름, 완주』는 시각 장애인분들을 첫 독자로 모시고자 '듣는 소설',
즉 오디오북으로 먼저 제작되었습니다. 장애인 독자분들께서는
국립 장애인 도서관 홈페이지에서, 비장애인 독자분들께서는
오디오북 플랫폼 윌라에서 들으실 수 있습니다.
배우들의 목소리로 만들어진, 마치 한 편의 드라마를
보는 듯한 오디오북의 세계로 들어와 보세요.
그곳에는 상상 이상의 진짜 완주 마을 사람들이 살고 있습니다.
적극 추천드립니다.

들여다봐 주셔서 진심으로 감사드립니다.
이 마음을 응원 삼아 저희 '듣는 소설' 프로젝트는 초심 잃지 않고,
앞으로 계속 이어 가겠습니다.

출판사 무제 박정민

온전히 완주하시고
더욱 행복하시길.
박○○